羅娜

PROFILE

⚜ 身分：御主

⚜ 從屬式神：巴哈姆特

帥氣的十九歲美少女，個性好強，感情方面意外遲鈍。
為了進入聖王學園，努力扮演清純可愛的「娜娜醬」，但總是不知不覺暴露本性。

巴哈姆特

PROFILE

- 身分：式神
- 式神等級：R級(SSR級)

羅娜的從屬式神，原本是SSR級的強大式神，後因某些緣由降為R級。
依靠俊帥霸氣的外表收獲不少迷妹粉絲，實際上是一隻喜歡調戲羅娜的老色龍。

法哈德

PROFILE

- 身分：式神
- 式神等級：SSR級

編號001的人造人，由羅娜的父親所創造，名字源於阿拉伯語的「豹子」。
被靈人界稱為「漆黑的深淵魔王」，喜歡稱呼羅娜「我的百合花」。

GOBOOKS
& SITAK
GROUP©

GOBOOKS
& SITAK
GROUP©

三日月書版

三日月書版

volume.01
帝柳
Illust.
JNE*
少女王者
er of Rose King
輕世代
三日月書版
FW301

CONTENTS

序幕

Scepter of Rose King

「娜娜醬，要對你發射愛與正義的攻擊囉！」

穿著魔法少女般的蓬蓬裙和水手服上衣，粉紅色閃亮亮的蝴蝶結別在胸前，少女做出象徵著手槍、近似「七」的手勢，指著站在她對面的敵人。

「出現了！娜娜醬專屬的招牌手勢！看來我們的娜娜醬要代替天使懲罰惡人啦！」另一頭傳來男子的聲音，他是一旁坐在主播臺上的主持人，正透過鏡頭跟直播觀眾們轉播實況。

「娜娜醬！娜娜醬！」

觀眾席上支持者的人數雖然不多，但清一色的男性支持者全都賣力地叫喊著。

「娜娜醬」是近來宅男圈小有名氣的少女偶像，本名羅娜，但粉絲們都喜歡以「娜娜醬」來稱呼她。在粉絲眼中，她長相甜美可愛，能力高超，有時會笨拙地吐一吐舌頭，用嬌滴滴的嗓音說「哎呀壞事了」。每次在比賽中遇到強勁的對手，都能翻轉局勢，用她貫徹的愛與正義擊倒敵人。

「娜娜醬」——是天使派下凡懲罰壞人的使者，真正的魔法少女。

至於現在這個場合，正是聖王學園用來招考下一屆學生的入學測驗。這所學園和一般普羅大眾認知的學校不同，他們的入學考不只是普通的測驗，還必須接受全國民眾的考核。

其中一項，就是考生必須得到一定的「國民支持度」，才有機會踏入聖王學園的校地、成為他們的一分子。此刻的線上直播，就是為此而進行。

「娜娜醬好可愛啊！好想跟娜娜醬訂下契約！」正在轉播的男性主持人A如是說。

「你傻啊，你又不是式神，怎能跟娜娜醬訂定契約呢！我們還是當娜娜醬的啦啦隊就好啦！」另一名男性主持人B吐槽搭腔。

正當他倆對話的同時，「娜娜醬」已經準備召喚出她的式神。

「來吧，用絕對貫徹的愛與正義——結束這一局！」話音一落，「娜娜醬」的式神攻擊也隨之發動。這一場線上直播節目兼入學測驗也就此告一段落。

最後，只剩下宅男粉絲們激動地高喊「娜娜醬、娜娜醬」做為落幕。

炎炎夏日，羅娜卻覺得全身寒冷無比。

一股冷颼颼的寒意從腳底直竄腦門，明明身上蓋了厚重的棉被，羅娜的身體仍不由自主打起寒顫。

這個時間，本該是她在結束今日的入學測驗後，終於能夠喘口氣、好好補眠的深夜時分，然而今晚她顯然無法獲得正常的休息。

羅娜非常清楚這是怎麼一回事。打從身上壓了一份沉甸甸的重量後，她就曉得這股寒氣出自此處。

——又來了。

這種事情不知道經歷了多少次，反正肯定又是哪個女鬼做的好事吧？

雖然被鬼壓床難以翻身，羅娜也沒有表現得太害怕，只覺得頗為困擾。漆黑之中，她隱約看見對方有著一頭烏黑長髮，垂掛在她的胸膛上。至於臉孔……以羅娜過去的經驗來看，最好還是別看得太仔細，因為有的可真是死得相當難看啊……

這種情況下，想要掙脫就得耗費相當多的體力，羅娜認為最好的應對方法就是按兵不動。今晚實在太累了，饒了她吧，她可沒力氣再和這傢伙鬥下去。反正，通常只要對方將人的精氣吸到心滿意足後，就會主動離去。

只是……為什麼她的上衣會被掀開？

感覺到腹部的涼意，由於身體動彈不得，羅娜只能吃力地微微抬起頭，看著自己衣衫不整的模樣。

更過分的是，對方竟開始對她毛手毛腳，上衣被捲起，一隻冰涼的手伸了進去……

羅娜愣了一下，就算她有過幾次撞鬼的經驗，這還是她頭一次遇到這種事。好吧，就算是死後的鬼魂也會有這種需求啊……想想也算是人之常情？

只是她可沒興趣搞百合啊！就算她曉得自己在同性之中常有「很帥氣」、「不輸任何男人」等等和偶像「娜娜醬」完全不同的評價。

早上持續一整天的入學測驗實在耗費太多體力，羅娜本想睜一隻眼閉一隻眼，只是才剛這麼想，對方突然低下頭來——羅娜定睛一看，竟是一名男性的臉孔！

這可不行！

怎麼可以讓男鬼硬上自己！哪個連死後都想繼續作死的男鬼敢上她？

「好啊，這是你自找的，我可不是你這種等級的小鬼就能欺負的！」

雖然很不想這麼做，畢竟她真的很想好好睡一覺。但對方既然膽大到這種地步，她說什麼都不能放過了。

「喂，老色龍，借我一點力量。」這種程度的小鬼還用不著叫出「那傢伙」，只要跟他借一點力量就夠了。接著，只見羅娜的掌心開始凝聚一團不停燃燒的黑色火球。

「龍炎啊，將這色欲薰心的小鬼徹底燃燒乾淨吧！」

羅娜將手上的黑色火球朝目標扔去，剎那間只聽到一陣淒厲的慘叫，原先壓在羅娜身上的鬼魂頓時消失得無影無蹤。

「真是的……要不是這死鬼沒有真正的形體，真他○地想直接踹爛他下體。」

羅娜坐起身後，嘆了一口氣。

就在此時，四周赫然發出強光，一道道刺眼的鎂光燈束集中在羅娜身上！

「啊咧？」羅娜愣了一下，心底有種不好的預感。

「大會報告，編號一百六十三號的考生羅娜，第三次入學測驗，直播放送完畢。」

清澈又字正腔圓的女聲，從不知暗藏在何處的擴音器裡傳出來，同時羅娜正前方的電視也自動開啟，上頭正LIVE放送自己此時此刻呆坐在床上的畫面。

完了，她剛剛的模樣被全國放送出去了嗎！

她一直以來努力經營的偶像形象要崩壞了啊啊啊！

這時，羅娜想到唯一能挽救自己形象的方法就是——

「欸——人家不懂啦，娜娜醬什麼都不知道哦！剛剛那絕對不是娜娜醬呦！啾咪！」

羅娜努力地對著鏡頭擠眉弄眼、賣弄可愛。

第一章

Scepter of Rose King

「真是衰——爆——了——」

羅娜抬起頭，翻了個白眼，無奈地自言自語。她氣色很差，黑眼圈深重，看起來非常符合她說的那句話。

「小娜，妳昨晚沒睡好喔？」有著一頭亂中有序的蓬鬆捲髮，眼尾明顯下垂，穿著一身奇妙土黃色豹紋洋裝的中年大媽，正是羅娜的阿姨。不過只要一出門，她就會將自己徹底變裝成火辣性感的美魔女。

這位阿姨有一個跟她形象很不搭的名字，叫作「愛麗絲」。

如果可以，羅娜真不想聽到有誰用這個名字直呼這位大媽。

事實上，這位阿姨更像是羅娜的雙親，代替她在天上的父母照顧著羅娜。像這樣的日子，已經持續好幾年了。

「還不是那個的關係……」羅娜一手撓了撓後腦勺，又打了不知第幾個哈欠，她轉過頭看向旁邊的立鏡，鏡面照出她略顯疲態的模樣。鏡中的她有一對藍色雙眼，黑色長髮紮成馬尾，帶有一點灰暗陰沉的感覺。外表是年約十七歲的少女，長相雖然不是超級漂亮，卻是耐看的類型，要不是黑眼圈太過明顯，肯定更加好看。

羅娜穿著簡約涼爽的短袖和長褲，衣櫃裡雖然有幾件花俏的洋裝，但都是只有在接受入學測驗時才會穿著。至於平常，羅娜的穿衣哲學很簡單，就是舒爽簡單為主。

「什麼關係？我看妳是半夜不睡覺在那邊做不該做的事吧？就跟妳說血氣方剛的時候去沖個冷水澡啊！」

「誰跟妳說那個了啊！別把我說得跟那些臭屁年紀的男生一樣好嗎？妳有老花就要看醫生啦！」被阿姨這麼誤會，羅娜臉都刷綠了，沒好氣地反駁回去。

阿姨平時待她不錯，但是不是從來沒把她當女生看啊？

就算她長得帥氣，胸部罩杯A減，三不五時有崇拜她的小妹妹拿情書過來……也不能真的把她當成男人看吧？

「妳這死小孩竟敢說我老花？好啊，看我還不打妳屁股一頓……」顯然忘了自己手上拿的是驅魔法杖，阿姨一頓火上來就要拿法杖追打自己的姪女。

就在即將展開你追我跑之際，一道無奈的聲音打斷了這場親子活動。

「呃……那個……不是要準備開始驅魔儀式了嗎？」

「哦、哦哦！對對，沒錯沒錯，我要你們拿來的東西都備齊了吧？」阿姨一回頭，馬上收起原先殺氣騰騰的表情，轉而換上正經的神色反問對方。

羅娜心想，大媽變臉變得這麼快，還不因為對方是她們的財神爺、生活經濟的來源之一。

羅娜一邊看著阿姨跟那名面帶愁容的大叔忙著擺設，一邊將五芒星陣畫好，最後擺上一根根白色蠟燭並逐一點燃。

沒錯，她阿姨的職業正是一名靈媒，有時兼職塔羅牌占卜師，總之不是什麼正派經營的傢伙，嚴格說起來——是那種招搖撞騙的類型。

今天這場儀式，就是鄰居的爸爸來委託阿姨，剛剛叫住阿姨的中年禿頭大叔就是委託人。

說實在的，羅娜真覺得這個大叔有點可憐，什麼人不找，偏偏找她阿姨這個假靈媒……只是這個祕密，羅娜從未戳破，畢竟她家就是靠這糊口吃飯。依她過去所見，其實這些上門的案件，通常都沒有委託人想得那般糟糕，甚至大多數情況根本沒有任何鬼怪作亂。

大部分的人，只要有什麼異狀是自己短時間無法解決，就會牽連到這方面來。不過也多虧這種心態，她們才能靠這一行度日至今。

只是，她本來不應該在這裡才是。

回想起入學測驗——

昨晚在考生宿舍發生的事件，著實讓她打從考試第一天就努力營造出來的形象徹底崩壞，想想自己應該失去了觀眾的青睞吧？

一想到這，羅娜不免又嘆口氣，因此她才會自暴自棄地來這裡幫忙阿姨，當作打工賺點外快。

「對了，妳今天不用準備考試嗎？」事情準備得差不多，阿姨趁著空檔詢問羅娜。阿姨口中的考試，就是當今難度最高的測驗——「聖王學園的入學考試」。

「聖王學園」是一所全世界菁英學生都想擠進的學校。不僅是因為其出類拔萃的教育方式，其中最吸引人的，便是這所學校握有一份足以改變世界的強大力量，其名為「薔薇王者權杖」。

現在，正是聖王學園一年一度招考新生的時候，身為當今最有權勢的學園，測驗內容自是千奇百怪。

好比如，一旦報名參加考試，任何時候、任何場地都可能是考試主場。

又比如，考生測驗的同時，會採用現場直播的方式放送全國，並讓部分國民進行投票。

也就是說，聖王學園的考生不單只是一般考生，還必須把自己塑造成討觀眾喜歡的形象！

而她從入學考第一天起，好不容易裝出來的甜美、可愛、萌系傻白甜少女的偶像形象……應該在昨晚的直播放送中徹底毀於一旦了吧。

「唉，別提傷心事了，妳又不是沒看到昨晚電視直播的內容，我的形象全毀了，這樣怎麼可能通過考試呢……」說到傷心處，羅娜忍不住搖頭嘆氣。

「這麼說也是呢，我早說啦，之前電視上的妳都假裝得讓我很反胃，因為那根本不是真正的妳啊！不過我覺得妳最近是不是運氣有點不好呀？啊，不說了，我該去做正事了。」

「妳以為我願意那樣假裝啊……」如果可以，羅娜也不想演一個綠茶婊啊，只是她實在太想進入聖王學園了。不單純只是為了替自己的人生奮鬥，她還有更重要的目標，只有進入聖王學園才能實現。

現在，這個夢想、這個目標似乎已經離自己遠去，她只能繼續站在這裡和阿姨一起工作度日了吧？

話說回來，今天這個大叔是長期配合的委託人，本次的任務一如既往，就是到他家附近的一座家族墓園進行例行的淨化儀式。

雖然委託人貼心地設置了遮雨棚，無奈今日頭頂上的豔陽太過囂張，彷彿能穿透遮雨棚刺進他們的皮膚。

羅娜跟在阿姨身旁，面對前方這一大片墓園，她也不忘謹慎觀察。

在大太陽下，看到阿飄的機會並不高，何況這座墓園她們也來過幾次，之前都沒看到，這次應該也不會遇到才是。

只要像往常一樣，按照阿姨說的將東西擺好，拿著蠟燭禱告念咒語，應該很快就可以收工回家了。

「好了，這樣就行了。」迅速地將儀式用的道具擺好後，羅娜跟著阿姨開始執行淨化儀式。

天空此時很應景地驟然變成陰天，本來的大太陽像是躲起來似地，說不見就不見。

「嗯？」不知為何，羅娜突然回首一看，只見後方櫃子上有一支蠟燭的火光忽然熄滅。

是風太大了嗎？

也不對啊，不論剛剛或現在她都沒有感受到有風吹過……

那燭火為何會莫名其妙地熄滅？

羅娜看了一下旁邊正閉上雙眼、認真念著咒語的阿姨，決定不打擾她，自個兒先去察看一下。轉頭左右察看，羅娜並沒有看見任何可以使燭火熄滅的可能。

不過這世上什麼怪事都有，她正打算別想太多，繼續回去幫忙阿姨時，赫然感覺自己右側有一股陰冷的氣息！

「！」羅娜馬上轉頭一看，卻什麼也沒有看到。

可是……剛剛她明明就感受到一股氣息在身旁啊？

依她的直覺，感覺像是有什麼東西站在她身邊似的。

「到底是怎麼一回事……」羅娜搔了搔自己的頭，喃喃自語。正當她想叫出體內的式神幫她查明情況時，前頭突然傳來阿姨的叫喊。

「小娜，快過來幫忙啊！」被這麼催喊，羅娜只得趕緊跑回去。

只是她才剛離開，原本熄滅的燭火，又莫名地重新燃起幽幽火光。

『羅娜——妳很快就會與我見面了。』

耳邊似乎傳來異樣的聲音，羅娜稍稍一愣，但手邊的工作實在太過忙碌，她無暇將心思放在這上頭，只當是自己的錯覺。

直到此時，羅娜仍以為這一切與自己無關。

然而往後的日子，卻從此變得不再平凡。

當天儀式結束，羅娜看著阿姨對委託人叮嚀一番，拿了兩瓶號稱神水的東西，教委托人要在什麼時間內使用、有什麼效果等等。

拿著淨化儀式的收入，羅娜跟著阿姨收工返家。然而，羅娜始終覺得有哪裡不對勁。

就在她剛要上車的剎那，好像感受到從某處傳來的視線。相較於以往，阿飄投射而來的目光，大多是陰冷森然或者哀怨無比，可是剛剛那道視線卻給她一種……異常熱情執著的感覺？

到底是怎麼回事啊？

羅娜雙手抱緊自己，搓了搓手臂，比起陰森森的視線，這種莫名的熱情更讓人覺得不舒服。

該不會她剛剛做錯了什麼步驟，反倒召喚出什麼奇怪的東西吧？

記得以前曾聽阿姨說過，有些儀式如果步驟錯了，不僅沒辦法驅魔淨化，反而會招來不好的東西……

不……不會的，已經做了這麼多年，她應該不會出錯的！

這份不安，隨著在車上補眠過後，被暫時忘卻了。回到家，愛麗絲先去沖了個澡，羅娜則翻了翻昨天還未看完的漫畫，直到後頭傳來阿姨的聲音。

「小娜，我有東西要給妳。」頭髮用毛巾包起來，髮絲還垂掛著幾滴水珠，愛麗絲顯然才剛洗好澡出來。她將一封信遞給羅娜，「妳的信，上面寄信人是聖王學園。」

「聖王學園？這麼重要的事怎麼不早點講！」羅娜一聽，馬上驚訝地搶下對方手中的信，迅速又小心翼翼地將信封拆開。

「這種小事就不要在意了，倒是信上說了什麼？」愛麗絲扠著腰，好奇地向羅娜問道。

「該不會是失去入學測驗資格的通知書吧？」

「這個……」羅娜拿著信的雙手微微顫抖，表情也略顯猙獰，讓愛麗絲更加確信自己的假設。

沒想到，下一秒羅娜給出的答覆竟是——

「錯！是聖王學園最後淘汰賽的測驗通知書！」羅娜激動地轉過頭來，拿著信紙的手持續地抖動。

「恭喜啊！想不到妳沒有被直接淘汰呢。只是為什麼妳的表情看起來這麼恐怖啊？」

「哪有！我這是太感動了啊啊啊——」哭得一把鼻涕一把眼淚，明明是感動地哭泣，但由於表情實在太過扭曲，在別人眼裡反而像生氣到不行的模樣。

真的，很恐怖。

這是來自多年和各種妖魔鬼怪周旋的靈媒親自拍胸脯保證。

她這個姪女，大概擁有全世界最醜陋的哭臉吧？

第二章

Scepter of Rose King

聖王學園。

以軍事化的教育方式培養學生，為了訓練出新一代「薔薇王者權杖」的擁有者。

歷來的擁有者大都走向國家領導一路，因此握有權杖就等同於擁有改變世界的力量。學園之內，以每個月為單位，學生們會以分組方式進行決鬥，經過淘汰篩選，最終選出一個最強勝者。

因此，即使通過了嚴苛的入學考試，進入學園後也需要不斷地戰鬥競爭，對許多人來說是相當高壓的環境。

但對羅娜來說，這些她早已作好準備。因為進入聖王學園不只是為了開拓自己的人生，她深信著，裡面一定藏有她一直想找尋的真相。

「爸……媽……請你們保佑我，讓我能夠順利地考取聖王學園吧！」握緊手中的淘汰賽通知書，羅娜面對聖王學園的校門，對自己信心喊話。

進入聖王不僅僅是為了自己，更是為了她死於非命的雙親……只有聖王學園才能給予她當年的真相！

「好，聖王學園我來了！」

抬起頭看著前方華麗霸氣、金色雕花的偌大拱門，羅娜的胸膛充滿了信心希望。黃金般閃耀的拱門旁有一塊白色招牌，上頭用充滿力道與美感的字體寫著：「**聖王學園**」。

就在她準備推門而入時，後頭突然有人拍了一下她的肩膀。

「嘿，妳不就是那個『娜娜醬』嗎？是本人對吧！」羅娜背後傳來一名少年的聲音。她回頭一看，是個看起來相當平凡的傢伙，不過會在這個時間點出現在聖王學園校門口……應當也是來參加淘汰賽的考生吧。

「呃，我就是……你又是誰？」愣愣地看著對方，羅娜困惑地問道。

「哇啊！真的是娜娜醬！天啊，我是妳的粉絲！妳每一場測驗直播我都有收看！娜娜醬實在太可愛了！」少年突然激動起來，兩眼放光，興奮地握緊羅娜的手叫道。

羅娜被這麼熱情對待，一時間除了有些錯愕之外，還感到十分訝異。

這傢伙如果每一次直播都有收看的話，難道不曉得她上一次直播的形象已經近乎崩壞了嗎?

「啊,抱歉!一時太開心都踰矩了!請、請娜娜醬不要當我是變態啊!」這名棕髮少年趕緊抽回手,有些害羞地低下頭別開目光,「差點忘了自我介紹,我叫蔣冽,也是聖王學園的考生!」

「蔣冽……有件事我有點好奇想問你。」早就猜到這人同樣是考生,對於肢體碰觸羅娜其實也沒那麼反感,她反倒更在意另一個問題。

「什麼事?只要是我能回答的都能告訴娜娜醬!」蔣冽兩眼再度散發出璀燦星光,閃亮亮地握緊雙拳問道。

羅娜眼簾低垂,音量變得有些小,「你應該看過上次的直播吧?既然如此,你應該知道其實我……不,其實娜娜……」

在淘汰賽通知書上,清楚地寫著上次考試直播完後,國民對於「娜娜醬」的好感大幅下降。由於國民的支持度也是評選的一環,羅娜險些為此被刷掉。只是聖王學園的入學條件也並非由人氣全盤作主,主辦單位會斟酌考生的情況,進而決定是否再給予一次淘汰賽的機會。

吧。

羅娜心想，這名自稱蔣冽的少年應該和自己一樣，都是依靠幸運入圍的考生

「不是這樣子的，娜娜醬。」在羅娜提問之後，蔣冽搖了搖頭，認真地回答，「那肯定只是妳一時慌張，或被什麼惡鬼附身了！放心，我永遠都會支持娜娜醬！」

「呃……那還真是謝謝你喔？」聽到這樣的答覆，羅娜真不知道該哭還是該笑？

難道，這就是傳說中在某些死忠宅男粉絲眼裡，就連偶像的〇〇都是粉紅色一樣嗎……

一想到這，羅娜不禁打了個哆嗦。

「娜娜醬我是真心的！」

「這件事先暫時擱下，看起來好像有麻煩來了。」打斷了蔣冽的話，羅娜將目光投向左前方。

蔣冽轉過身一看，迎面走來是一字排開、囂張至極的三名惡霸。三人雖然身

穿制服，卻個個塊頭高大、凶神惡煞，還沒走近，就能聞到他們身上散發出的濃濃菸味。

「唔，又是那三個流氓留級生……」蔣冽倒抽一口氣，看到這三個惡名昭彰的留級生，不只是他，就連一般學生也會感到害怕，反射性地能躲多遠就躲多遠。

相較之下，站在他旁邊的羅娜卻毫無畏懼之意，反而挺起胸膛、直起腰桿，毫不在意地站在原地。

「你認識他們？」

「啊……他們不是聖王學園的學生，是附近一所高中的留級生，常在這附近鬧事，而且專挑聖王的考生下手……這一帶的人都認識他們……」在羅娜詢問下，蔣冽吞吞吐吐地把情報說了出來。

當羅娜正要回應之際，前方卻傳來挑釁的聲音，「唷，這不是我們高高在上的聖王考生嗎？不過我看也不是多厲害的角色嘛。」最靠近羅娜的一名男子提高音量說道。

「如果那麼有本事的話，也來考聖王學園啊。」羅娜不以為然地回應，說著便轉過身，背對著和她說話的男子。

「哼，還真是囂張啊，旁邊那個男人像個弱雞，這女人倒是挺嘴硬的嘛。我說女人，我們老大可不是妳能嗆的啊！」回話的人是另一名跟在他身邊、挑染金髮的友人。

不，在旁人看來，他更像是小弟一般的存在。

「無聊。蔣洌，我們走。」羅娜毫無繼續接話的意思，抬起腳步就要往聖王學園的大門走去。

「別小看我們啊，臭婊子！」隨著一聲凶狠的吼聲，對方突然從後頭一把拉住蔣洌的衣領，用力地將他拽到他們身前。

「你幹什麼！」一見到蔣洌被人抓去，羅娜馬上厲聲大喊，轉身怒瞪對方。

「哈哈哈，要幹什麼？還不簡單，如果想要把人領回去的話，就來附近那座公園的空地找我們！只能妳一個人來！」揪著蔣洌的領子，金髮少年不客氣地對羅娜丟下戰帖後，就拖著手足無措的蔣洌離去。

羅娜握緊拳頭、咬緊牙根，雖然蔣洌跟自己不過是初次見面，但眼睜睜看著他被抓走，羅娜心裡自是很不好受。

可是，倘若自己真的去找他們理論……不就會錯過聖王學園的淘汰賽嗎？

「可惡……！」

各種思緒在腦海裡錯綜交織，不斷問著自己到底該救人還是參加考試？

羅娜抬起頭，再度看向那道金色拱門，在這扇門後，有著她想要的輝煌人生與真相……

然而，羅娜心裡卻有另一道聲音告訴自己：如果連最基本的良知都喪失了，那就不配當聖王學園的學生，更不可能成為「薔薇王者權杖」的擁有者！

「時間內趕回來考試就行了吧！」

跺一下腳後，羅娜立刻跑向對方指定的場所。

她一定會救到人，然後順利地通關淘汰賽！

一口氣追了過去，羅娜不顧時間分秒流逝，迅速來到杳無人跡的公園空地。

遠遠地，羅娜就看到三道凶神惡煞的身影站在前方，至於可憐的蔣洌則是雙手雙腳被繩子綁住，整個人狼狽地匍匐在地。

羅娜遵守對方開出的條件，獨自一人前來。她一步步走向前，臉上一如既往地毫無懼色。

「唷，還真來了啊？該說妳講義氣呢？還是為了救男朋友呀？哈哈哈！」向來多話的金髮不良先開了口，隨後轉頭跟旁邊的同伴笑了起來，笑聲卑鄙得讓人渾身不舒服。

「嗚嗚……！」一旁像條蠕蟲倒在地上的蔣冽，看到羅娜後便發出了激烈的嗚嗚聲，嘴巴被塞入紙團的他根本無法好好說話，模樣看來相當可憐。

「現在我一個人來了，快放了他！」羅娜厲聲對著前方惡煞三人喊話。

「欸，老大，這女人是單細胞生物吧？還是考試考到腦袋都壞了？居然天真地以為這樣就結束了？」

「就是說，什麼聖王學園的考試？其實是一群笨蛋測驗吧？哈哈哈！」另一名戴著單邊耳環的不良少年笑著拍了拍對方的肩膀，狂妄地笑道。

羅娜當然知道他們打得是什麼主意，面對無禮的嘲諷，她沒有跟著起舞，只是專注思考著該如何救出蔣洌。

「讓開。」此時，惡煞三人中最為沉默、身體也最結實的男子，壓低嗓音下令。

「是的，老大！」金髮男與耳環男異口同聲地答覆，語氣相當尊敬畏懼。

在被稱為「老大」的男人一聲令下後，兩名少年自動退開，騰出一條道路讓男子走了出來。

「快把人給放……！」羅娜話還沒說完，對方就一拳揮了過來！

羅娜一個敏捷的迴避，閃過了對方粗重碩大的拳頭，既然這個人已動真格，那她也不用保留什麼了！

迅速地蹲下身，羅娜一個屈膝，透過腰部的力量，蛇形閃過對手二度揮來的拳頭，下一秒便抬高膝蓋用力撞擊對方下顎！

眼看羅娜命中目標，旁邊兩名跟班似乎看傻了眼，被擊中下巴的當事者卻彷彿一點痛楚都沒有似地，毫無反應。

「老大」扭了扭脖子，眼神肅殺，面無表情地俯瞰著羅娜。

「不愧是老大！」

「老大萬歲！」

兩名跟班發出諸如此類的激昂吼聲，但「老大」似乎不把他們當回事，只是繼續用充滿血絲的雙眼瞪著羅娜。

「這種眼神，知道上一次我是在什麼人臉上見過嗎？」面對來自敵人的眼神威壓，羅娜只是冷冷地反問一句，身體更是沒有放鬆，繼續保持警戒狀態。

羅娜挑起嘴角，有些邪邪地笑道，「是一個死人，一個被小弟們背叛殺死的角頭老大呢。」

「妳這個臭女人竟敢這樣講老大！」跟班們接二連三地對羅娜破口大罵，露出憤怒猙獰的表情，一旁的蔣洌看了好不害怕。然而他們口中的老大卻沒有因此動搖，只是表情更為凝重，威懾之氣更加強烈了。

羅娜看得出來，對方的眼神變得比先前更為冰冷且殺意騰騰，看來是自己的話惹惱了他……雖然從臉部表情看不太出來，但有許多打架經驗的羅娜很清楚，她的挑釁成功了。

當然，她不是笨到想找死，而是一旦挑釁奏效，敵人就會因為過多的情緒造成判斷力和準確度降低。

目前為止，她還不想把沉睡的「那傢伙」喚醒，對付這些小嘍囉應該沒這必要。

很好，雖然有點冒險……可是她很快就能擊倒對方，順利救出蔣冽！

就在這時，老大突然做出準備起跑的姿勢，雙拳縮在厚實的胸膛前，在羅娜還不明就裡之際，對方已用最快的速度衝刺而出，打算將她擒拿到手！

「糟了……！」完全沒想到對方會來這一招，羅娜一時間不知該如何招架，只能眼睜睜看著自己即將被人打倒——

「式神召喚——巴哈姆特！」逼不得已，在這危急的一刻，羅娜緊急喚出沉睡在體內的式神，名為「巴哈姆特」的身影倏地從她體內竄出！

一條有著黝黑發亮鱗片和黑色翅膀的生物，露出尖銳彎鉤般的爪子與雪白獠牙，朝著本要一拳將羅娜打倒的敵人發出震耳咆哮！

當眾人看清楚時，老大的跟班指著那道身影，顫抖著聲音驚呼，「是……是龍！是龍啊啊啊！」

那條在空中翱翔盤旋、不斷發出拍振翅膀的風嘯聲、擁有懾人獠牙與利爪、亙古令人震懾的黑色翼龍，正是羅娜的式神——巴哈姆特！

「就算是龍，也沒什麼好怕的。看牠發出的光輝顏色，不過是區區R級式神。更何況……」方才被龍之怒吼彈開的老大，擦了擦額前的冷汗說道。

判斷式神等級只須從光輝色澤就可得知，最強式神是SSR等級，最弱則是N級，R級不過是比N級再好一階而已。而他之所以如此看不起對方的原因——

「這條龍怎麼看都只是一隻毛都還沒長齊的小龍！」

在老大說出這段話後，他的跟班們隨即出聲應和，「真、真的是耶！哈哈！區區一條小龍而已嘛！」

「真是笑死人了，帶一個龍寶寶出來打架，還想考聖王學園？先讓我們老大教訓妳一番啦！」

嘲諷的言語陸續傳來，四周的空氣突然變得凝重，只見羅娜臉色不佳、眉毛抽搐，汗顏地喃喃自語，「糟糕……這下完了……」

「臭女人，妳也知道這下完了嗎？」挑染金髮的跟班抬高下巴，嘲笑著羅娜。

「哈……你錯了……」羅娜緩緩地抬起頭，嘴角微微上揚，笑容卻有些僵硬，一滴冷汗滑過她的髮鬢，「完蛋的人——是你們。」

「什……！」和羅娜眼神相對的剎那，對方倒吸一口冷氣，瞬間有種莫名不好的預感。

「是——誰——說——本龍是什麼小龍的啊？是——誰——對——本龍的體型有意見的啊！」一道理智線斷裂、口氣憤怒至極的男性嗓音，從那頭飛在半空中的黑色翼龍口中發出。

「嚇啊！龍龍龍……龍在說話！」兩名跟班一聽到空中的飛龍吐出人類的聲音，馬上嚇得半死躲到後頭，直指天空的手不停抖動。

「怕什麼！又不是只有她的式神會說話！」老大看到自己的跟班嚇成這副德性，簡直快氣得腦充血了。可惡，就算對手是式神又如何？

「這麼小尾的龍我一樣可以……」

「不準有任何人批評本龍的體型啦！去死吧，混帳人類！」天空中傳來龍之怒吼，下一秒奪目刺眼的紅色火炎從牠口中噴出，形成一條高速旋轉的紅色火柱，狠狠掃過那三名留級生！

「哇啊啊！」三名屁股著火、拔腿就跑的留級生們發出悽慘的哀號，而這場意外的戰鬥就此畫下了休止符。

「哎呀呀，不作死就不會死啊……」羅娜搖了搖頭，真心替那些火燒屁股的受害者感到可憐又覺得有些可笑。

「哼，真是一群愚蠢的人類……還有妳也別笑，妳也是蠢得可以，如果妳早點叫我出來，事情就能更快解決。」巴哈姆特從空中慢慢降落，停在羅娜舉起的右手臂上。

「因為他們都是『非靈人』，我不想用這種方式解決嘛，總覺得這樣是我占人家便宜。」

非靈人，就是那些沒有式神可供差遣附體的普通人。這世上大多數的人都是非靈人，因此像羅娜這樣的「靈人」常常會引起非靈人的警戒。

「真是愛逞強又愛裝帥，本龍王怎會成為妳這種人的式神呢……」巴哈姆特一邊說著，一邊稍稍低下頭來舔了舔自己的黑色龍翼。

沒有理會巴哈姆特的話，羅娜忙著將蔣冽嘴巴的異物跟繩子解開，東西一拿出來，就聽見蔣冽感動地叫道：「嗚嗚！娜娜醬真是太帥了！」

正當蔣冽想撲上去向羅娜表達自己的謝意時，卻被羅娜一把推開，並聽到她看著手表大喊：

「慘了，這下真的完了——淘汰賽遲到了啊啊啊！」

第三章

Scepter of Rose King

「娜娜醬，妳真是我看過最帥、最可愛的人了！」

「到底是可愛還是帥？這兩種形容詞很衝突耶……」看著蔣冽雙眼放光，對自己表現崇拜與愛慕之意，羅娜板著死魚般的眼神回應。

在這傢伙面前，羅娜已經放棄繼續裝模作樣……反正「娜娜醬」的偶像包袱對她來說一向挺重，但無論她做什麼，在蔣冽眼裡永遠都是完美形象吧？

不是有種說法用來形容這類人嗎……對了，難道蔣冽就是所謂的「腦殘粉」？

「哪會！娜娜醬真是太棒了！還好妳順利通過淘汰賽了呢！」蔣冽搖了搖頭，雙手緊握成拳，認真地叫喊著，完全就是幫心儀偶像吶喊應援的樣子。

「與其說是順利通過，不如說是狗屎運吧，平胸女。」

「不說話沒人會把你當啞巴，小火龍。」

「……誰是小火龍？妳這女人有種再給本龍王說一次？」

「小火龍真是不堪激啊，個頭那麼小，脾氣倒是很大呢。」

「膽敢如此觸犯龍顏的傢伙也只有妳這女人了，看來妳那張嘴要用本龍王的○○好好塞滿，口爆懲罰一頓！」

「別盡說些色情下流需要消音的話啦，小火龍！」

巴哈姆特盛滿怒意的聲音在羅娜耳邊迴盪，儘管如此，羅娜本人仍是一點緊張感都沒有。假使有人問她為什麼，羅娜可以很果斷地告訴他，一隻必須靠自己才能有養分來源的「小龍」有什麼好怕的？

「不過話說回來……蔣冽你竟然是已經通過初次預選的考生，而不是跟我一樣來參加淘汰賽的啊？」這是繼淘汰賽意外過關後，最讓羅娜感到訝異的事。

「欸嘿嘿，其實我本來想跟娜娜醬好好說清楚的，只是後來各種事發突然……」蔣冽拍了拍自己的後腦勺，兩頰有些微微泛紅，有些尷尬又害羞地說道。

「夠了，不要再刺激我了。只是真沒想到你看起來這般弱不禁風，居然也能……」

那自己到底為何會淪落到必須參加淘汰賽？看著眼前瘦瘦弱弱的蔣冽，羅娜不禁無奈地在心裡自問。

所以自己能通過聖王學園的淘汰賽，某種層面上來說，也算是ＳＳＲ級的幸運了？

沒想到，剛剛跟那群流氓的對決，竟然是聖王學園考試委員會——簡稱「聖王考委會」特意安排的事件！

剛解救蔣冽之後，聖王考委會的人不知從何處突然出現，其中一名女性主考官推了推她厚重的眼鏡，用正經的口吻告訴羅娜她通過了淘汰賽，得以繼續參與之後的複試。

主考官表示，方才的淘汰賽是想檢測考生的道德良知與勇氣，安排流氓綁架友人，測驗考生是否願意為了拯救友人而捨棄自身利益，以及是否有正面應對難關的能力。

當然，淘汰賽也是採取直播的方式，聖王考委會總能在考生不知情的情況下直播戰況……每每想到這點，羅娜都覺得聖王考委會真是不得了，根本無所不在又隱形得徹底。

唔，可是這麼說來，她似乎又再一次親手崩壞「娜娜醬」的形象了吧？

她可沒忘記，不久前她是如何暴力粗魯地對待那群流氓……

為什麼聖王考委會總要逼她自毀形象呢……

雖然通過了淘汰賽，短時間內不用擔心會被刷掉，可以說朝聖王學園又邁進了一大步……但羅娜就是開心不起來！

「準備去領取複試的資格證吧，娜娜醬！是說，能幫上娜娜醬的忙，讓妳順利通過淘汰賽是我最大的榮幸！」蔣洌推著羅娜的背，要她趕快進入聖王學園的校門。

「你果然也是配合演出啊……算了，該說一點都不意外嗎？」看著蔣洌一臉興奮的模樣，羅娜心想就別再吐槽這傢伙了。

由於蔣洌已完成任務，便先行離開，他向羅娜揮手道別，表示日後一定還會再見面。

不過，蔣洌的話羅娜並沒有放在心上，現在她的注意力都放在眼前的聖王學園。

老實說，她從未正式踏進這座校園，過去僅僅只是在外圍徘徊了幾次。聖王學園為了保障校內師生的權利和安全，因此不對外公開，就連假日也不開放遊客參觀。

畢竟在這所學校裡的人，無論教師或學生，都是國家現職或未來的棟梁。教師大都是國內叫得出名號、在各領域有傑出表現的人物，其中不乏政府高官和企業精英，當然也有許多軍事強者。學生就更不用說，能通過直播票選加上層層嚴格關卡的人，本身都具備一定的水準和能耐，這裡的學生都以得到最高榮耀與權力象徵——「薔薇王者權杖」為最終目的。

就算最後沒有如願以償，從聖王學園畢業的學生，前途也都相當輝煌，絕大多數都能就任社會高層要職。現任教師中也有很多人是聖王學園的學長姐，可以說這個國家的經濟命脈與未來資源都掌握在這群人的手中！

深吸一口氣，羅娜站在學校大門前，抬頭一看。

「好漂亮……」稱讚的話語不禁脫口而出，羅娜打從心底讚嘆著眼前的景色。

隨著鍍金雕花的大門緩緩打開，前方映入眼簾的，是一條平坦寬闊的大道，上面鋪著整齊的米色磁磚，而兩旁是綠油油的草坪，視線往前延伸，便會見到一棟座落在這優美環境裡的城堡建築。

「那就是聖王學園的『薔薇古堡』！」

在朝學園內前進、一腳踏進這所學校的當下，羅娜有種身體瞬間變得輕盈、整個人都變得神采奕奕的感覺。就好像被施了魔法一般，那樣地神奇。

眼前這座薔薇古堡便是讓羅娜如此雀躍原因之一。和其他學校不同，聖王學園的上課地點並非一般校舍建築，而是這座瑰麗的哥德式古堡中。

羅娜不是那種愛作夢的公主，可是能在城堡裡上課，彷彿童話實現了一般，令人十分心動。

不知道自己能不能進入這裡念書？羅娜望著那棟在藍天白雲之下的美麗古堡，在心裡這般自問。

低頭看了下手裡的複試資格證領取書，羅娜又深吸一口氣，念頭一轉，肯定地在心中告訴自己：妳可以的，羅娜！

雖然還無法踏足只有正式學生才能進入的薔薇古堡，但能在外頭瞧上一眼，對羅娜來說已經是很大的鼓舞了。

「有本龍王在，不過是考進聖王學園這點小事，就儘管放心吧。」似乎察覺到羅娜的想法，以龍形姿態站在羅娜肩膀上的巴哈姆特對她說道。

聽到自己的式神這麼說後，羅娜嘴角微微一挑，更添信心。

「這倒是，雖然我很不想這麼說……但小火龍真是相當可靠呢，對我來說，比那些SSR級的式神更值得託付。」

「哼，別把我跟那些SSR的雜碎相比，要不是本龍王的力量被封了大半，SSR級別的式神本龍王才不放在眼裡。」

「雖說如此，但現實就是你現在被評為R級式神。」

「妳一定要這樣吐槽本龍王嗎？」

「不敢不敢，只是實話實說而已……啊，先不說這些，該辦正事了。」

走到資格證領取辦理處，才剛走到定點，辦事人員便走向羅娜，提出要求，「請出示領取書，以及確認式神狀態。」

「娜娜醬知道了唷，請收下人家的領取書吧！」一見到辦事人員，羅娜的聲調馬上提高八度，立刻裝扮成自認可愛活潑的少女偶像「娜娜醬」。

儘管巴哈姆特每每看到羅娜這麼做時，都會一陣倒胃，但誰叫她是自己的御主呢。而且這是羅娜制定的應考方針，身為羅娜的式神只能睜一隻眼、閉一隻眼地配合。

「唉，這年頭連式神都不好當啊……」

「你在那邊自言自語什麼，還不快點轉換人形，沒看到要確狀態了嗎？」聽到巴哈姆特的話後，羅娜立刻壓低嗓音，小聲對著巴哈姆特說道。

「真麻煩，這些下等的人類就這麼想看本王英姿煥發的風采嗎……那好吧，本龍王就成全他們。」話音一落，巴哈姆特便飛離羅娜的肩膀，眨眼間變身成人形。

終於變為人類形態的巴哈姆特，立刻吸引了現場所有辦事人員的目光，原因無他，正是因為巴哈姆特的模樣實在太過俊美挺拔！

巴哈姆特一手扠著腰，略帶邪佞氣息的紅眼掃過所有人，俊美五官配上尖銳的銀黑色龍麟雙耳，銀色長髮如銀河般落下，閃爍著亮眼的光澤。

搖滾風格的黑色系服裝包裹著他精壯的身體曲線，肩披深紅披風，腳踩黑亮長靴，霸氣外表混和一身囂張氣焰，讓他更顯邪魅迷人。隨時裸露敞開的胸膛上，紋著青色的龍紋刺青，據他本人的說法，胸膛就是要露給人看才有意義。

審查式神的辦事人員一時間像是看得太過入迷，微微張開的嘴巴忘了說話，看到這一幕，羅娜身為巴哈姆特的御主可是與有榮焉。

雖然她家的巴哈姆特並非ＳＳＲ級式神，但他的顏值絕對是ＳＳＲ級別！

「哼，人類，看爽了就快點給我家御主複試的資格證書。」巴哈姆特冷眼看向面前的辦事人員，毫不客氣地說道。

在巴哈姆特的威壓之下，女性辦事人員猛然回過神來，推了推眼鏡低頭看著手中的平板電腦，「考生羅娜，從屬式神巴哈姆特，Ｒ級，確認無誤……頒與複試資格證書。」

資料確認無誤後，辦事人員將一張小小的ＩＤ卡交給羅娜，並向羅娜正色說道：「恭喜通過淘汰賽，希望你們能順利進入聖王學園。」

「那是一定的，有本龍王在，這小妮子沒有什麼事做不到！」巴哈姆特手伸了過去，一把勾住羅娜的脖子，他的口吻既像監護人，又像充滿獨占欲的傲氣情人。

羅娜早就習慣自家式神的個性，她嘴角微微上揚，收好資格證書後氣勢昂然地回應，「謝謝妳的祝福，但就像我家式神說的——我一定會通過所有考試，成為聖王學園的一分子！」

這對主從無論是誰都散發出強烈的信心與光采，身為御主的羅娜，身上更有著一股凜然的英氣，讓辦事人員不禁莞爾一笑，「哎呀呀，真是英氣煥發的考生呀……怎麼和剛剛自稱娜娜醬的樣子差這麼多？我還以為是不同人呢。」

「唔！才、才沒那回事！娜娜醬還是很可愛的！英氣什麼的才不會出現在娜娜醬身上呢！」被對方這麼一說，羅娜立刻意識到自己又不小心暴露了本性，趕緊再度提高聲調裝起可愛。

就在這時，羅娜的口袋裡傳來手機震動聲，她眉頭一皺，小小聲地碎念一句，「嘖，又來了嗎？」

羅娜有些不甘願地拿起手機，只聽她沒好氣地回道：「阿姨，娜娜醬才剛領到複試的資格證書，有什麼事嗎……喔喔，嗯嗯……娜娜醬知道了，會趕快回去……」為了維持娜娜醬的形象，就算是跟阿姨通話也要繼續佯裝下去，不過她沒給電話另一端的人多說幾句的機會，羅娜一說完馬上就結束通訊，將手機迅速地塞回口袋。

「平胸女，妳那位性感火辣的阿姨又打來了？」巴哈姆特眉頭一挑問道。

「娜娜醬一點也不性感火辣真是抱歉哦……沒錯，正是她，大概又有什麼無關緊要的事要讓我跑一趟了。」

之前就曾經發生過為了一隻小強跑進她的房間，就立刻打電話向羅娜求救的事……從此之後，羅娜接到阿姨的電話都會很想翻白眼。

雖然她家那個大媽常鬧出這種事……可是，這次羅娜心裡卻有種難以言喻的不安感——

而且似乎與自己的安危有關。

就在她帶著巴哈姆特離開時，殊不知……後方有一道異常熾熱又詭異的視線正盯著她看。

丟下背包，板著一張臉，用最快速度衝回家的羅娜一進門就大喊：「老太婆妳又怎麼了？快給我出來把話說清楚！」

羅娜一邊大喊，一邊腳步不停，急忙地跑進臥房。以往也會有這樣的情況發生——雖然阿姨是一名靈媒，但基本上是個沒什麼能耐、體質又敏感的傢伙。

因為工作緣故，阿姨常會接觸一些靈界的氣息，有時不小心沾染上邪氣，就會使身體或精神出現異狀。這種時候，就得靠具有真正靈力的羅娜來處理。

簡單來說，這就是「靈人」與「非靈人」之間的差別，羅娜屬於前者，愛麗絲則是後者。能夠召喚且與式神締結契約之人，都是擁有強大靈力的「靈人」，因此能針對一些邪氣或靈界鬼怪進行溝通，甚至驅逐。

只是每一次遇到這種緊急狀況，羅娜都會很緊張，因為阿姨的症狀千奇百怪，會遇到什麼情況完全無從得知，有時候可能還會伴隨著生命危險！

聽到愛麗絲的哀號，衝進她房裡的剎那，羅娜當場一愣。

「這……是怎麼回事……？」羅娜僵在門口，臉色刷白，急速趕來的熱汗和體內逼出的冷汗交織著流了下來。

「小娜妳……回來啦……？」愛麗絲愣愣地轉過頭來，臉色鐵青，但看在羅娜的眼中——

「老太婆——妳這不是沒事嗎！」一股火氣直衝腦門，羅娜用力地握起拳頭衝上前揍了阿姨一下。

「痛痛痛……！妳這個暴力女，怎麼可以這樣打妳阿姨啊！」愛麗絲這次真實地發出了充滿痛楚的哀號，她一手揉著被姪女打腫的後腦勺，一邊無奈地叫道。

「妳欠打啊！把我從聖王學園急call回來，我還以為妳又發作了！結果咧？妳這老太婆很安好地在看電視嘛！」即使面對自己的阿姨，羅娜說起教來仍相當不客氣。

這算什麼！

她一接到電話，就心急如焚地跑回家，結果什麼事也沒有，就算是阿姨也不能這樣耍她吧！

怒氣正盛，羅娜還隱約聽到巴哈姆特竊笑的聲音……別以為隱身起來她就不曉得他在偷笑！

「真、真的有急事要找妳嘛！小娜啊，剛剛我在睡午覺時，妳奶奶入夢了啦！她跟我說了一件很重要的事，關於妳的事！」說完這句話後，愛麗絲立刻從電視機前的沙發爬起身來，神情突然變得異常嚴肅。

「妳是說……奶奶託夢給妳了？」

阿姨的靈媒招牌能夠延續至今，主要是因為羅娜的奶奶——巴爾娜娜在世的時候打出的名號。

羅娜的外祖母、阿姨口中的「奶奶」，和半調子的愛麗絲不同，是真正的靈媒，長相更是典型充滿神祕氣息、眼中散發智慧光芒的模樣。當年奶奶的能耐，小時候的羅娜都看在眼裡，因此對奶奶相當敬佩崇拜，一度讓她的幼小心靈建立起想繼承衣缽的夢想。

要不是四年前的那場「意外」，她或許就不會執著聖王學園，早早去當個合格的靈媒了。現在，阿姨既然提到了巴爾娜娜奶奶，羅娜的確不能輕忽，她立刻收斂起原本暴躁的情緒等著阿姨接下來的話。

「沒錯，奶奶帶來了一則消息……事關重大，必須盡快籌辦，否則後果不堪設想！」愛麗絲點了點頭，從她認真緊繃的表情來看，應該不是在說假話。

「奶奶究竟說了什麼？妳最好給我一字不漏地說出來。」拉了一張椅子，羅娜雙腿交叉，盤腿坐了下來，一臉嚴肅地準備傾聽。

「小娜，妳今年正逢十九歲對吧？」阿姨將身體靠近自己的姪女，神情鄭重地問道。

「那又如何？」沒好氣地白了阿姨一眼，羅娜雙手一攤反問。

雖然自己外表看起來像十七歲，但真實年齡是十九，不過也才剛踏進十九歲的關卡而已。

「咳咳，只是跟妳確認一下！哎唷，重點不是這個！」愛麗絲搖了搖頭，接續道：「妳奶奶託夢跟我說：『小娜十九歲將有一個大劫，必須靠著出嫁的方式才能沖喜掉！』」

「哈啊？」看著阿姨認真地說出這句話，羅娜完全一頭霧水。

大劫？

沖喜？

出嫁……？

這麼荒唐的字眼怎會出現在她的人生之中！

而且「沖喜」又是什麼情況？

「大劫先擺在一旁不說，那個出嫁是怎麼回事？妳難道不曉得我萬年零桃花嗎？而且一時間要我去哪裡找可以結婚的人！」羅娜忍不住翻了一個大白眼，如果可以她都想把白眼翻到後腦勺去了。

「可是，奶奶在夢裡確確實實是這麼跟我說的！沒錯——就是要妳『出嫁』！」相較於姪女的狐疑，愛麗絲的態度非常認真，她將兩手按在羅娜的肩膀上，正色地對她說：「聽著，一開始聽到這句話，我跟妳的反應是一樣的！我也在想，妳可是那個從小到大打架第一名、身邊男生都被妳嚇跑的超級太妹羅娜啊！怎麼可能有人敢娶！」

「那個……說自己的姪女是超級太妹，會不會太過分了一點啊？」羅娜別過頭去，被這麼一說還真有點淡淡的哀傷啊……

「少囉嗦，先讓阿姨把話說完！」愛麗絲顯然不想理會姪女的吐槽，接續說道：「我再三確認，向奶奶提問了好幾次。她老人家一直說，唯有把妳『嫁』出去才能保妳平安！」愛麗絲用震耳的音量說著，同時不忘用力搖晃羅娜的肩膀，不管是聽覺還是身體都清清楚楚、強強烈烈地告訴羅娜——

阿姨沒有說謊也沒有誇大，擺在眼前的事實就是如此。

世界彷彿天旋地轉。

羅娜正值十九歲，從未想過自己會有需要出嫁的一天。腦海裡除了震驚錯愕之外，另一種感受就是無法接受！

她一把推開阿姨按在自己肩膀上的手，對著愛麗絲大喊：「別鬧了！我才不會出嫁的！要嫁，妳這老太婆先把自己嫁出去啦！」

「可、可惡，居然重踩我的痛點……不對，小娜啊，妳以為我真想這麼做嗎？可是妳想想看，奶奶的預言有哪一次出過錯？」愛麗絲先是一臉中槍的表情，隨後甩了甩頭，試著再度說服羅娜。

「可是……為了一個託夢預言就讓我嫁出去？怎麼想都很荒唐啊！我……我是不會接受的！」羅娜一把推開擋在前面的阿姨，直接跑回自己的房間，用力地將門甩上。

「開什麼玩笑啊……」雙手用力地壓在桌上撐住上半身，羅娜咬牙切齒地喃喃自語。

這麼突然，最好有哪個男人會把她娶回家啦！

而且這種事……不應該先談場美好的戀愛再結婚嗎！

「呼……真是累死我了……」

不想管了。為了這點事就讓她從學校急忙趕回來簡直浪費體力，羅娜決定什麼都不管，現在的她只想躺在床上好好睡一覺。

只要睡了一覺，什麼事都會變好了吧？羅娜在心底這般對自己說道。

她拖著疲倦的身體，搖搖晃晃地來到床邊，「咚」地應聲倒了下去。

「喂，平胸女，妳壓到本龍王的手了。」

「嗚哇！」突然聽到聲音，羅娜嚇了一跳，立刻從床上彈了起來。

「你、你怎麼會在這裡！又給我擅自現身了嗎？你這不聽話的式神！」羅娜反射性地拉開距離，直指著對方驚呼。

「妳是反應遲鈍嗎？本龍王一直都在這裡啊，妳難道沒發現嗎？」

躺在床上的另一人……不，嚴格來說不能稱得上人類，那個自稱龍王、英俊挺拔的男人，正悠哉地側躺在羅娜的床上。

接著，這名被羅娜指責為「不聽話的式神」的龍王巴哈姆特，嘴角揚起一抹壞笑，「倒是妳，是時候該讓本龍王進行『靈力補充』了吧？」

那曖昧又露骨的微笑完全不減巴哈姆特帥氣迷人的氣質……每當巴哈姆特要求補充靈力時，就是羅娜最提心吊膽又不禁臉紅心跳的時刻。

第四章

Scepter of Rose King

補充靈力——

簡單來說，就是透過御主補充式神所需要的靈力。

召喚式神需要消耗式神和御主自身的靈力，不過若是式神自己跑出來的話，那就另當別論，畢竟御主無權徹底管控式神的自由。所謂的「式神召喚」，是用一種特別的符咒將式神召喚出來，前提是御主必須是「靈人」，也就是天生擁有靈力體質的人類。

式神實際上是一種靈體，本應是肉眼難以看見且無法觸摸。不過，透過由聖王學園的創辦人「薩爾斯」開發出來的技術，並將這種技術運用於聖王集團研發的特殊符咒上後，式神就能夠實體化。據傳，這種技術是科技加上靈力的驅動結合，當然本質上還是只有「靈人」可以使用。至於「非靈人」僅能看見與觸摸，卻無法召喚、訂定契約甚至驅使式神。

一旦訂下契約，式神與御主從今爾後便是生命共同體，式神若受到傷害，御主也會有一定的損傷，反之亦同。而式神最主要的存在目的，大都是用於對戰上，戰鬥必定會耗損相當多的靈力，事後御主就必須替自己的式神進行靈力的補充。

補充靈力的方式有好幾種，每一種補靈的效率會因式神而定，有的式神只需要好好休息睡一覺，短時間內不要再召喚出來即可；也有的像巴哈姆特一樣……

「還杵在那裡做什麼？快點過來暖暖床啊……本龍王的御主。」

巴哈姆特的笑容看在羅娜眼中可是跩得不行，偏偏她的審美不爭氣，就是覺得這抹笑特別好看，有一股難以抗拒的誘惑。

她真的認為巴哈姆特是目前為止，她見過最帥的異性——也或許是她見識得少吧，羅娜打從心底這般認定。

巴哈姆特那頭如銀河般流洩而下的銀色長髮，亂中有序地散在她白色的大床上，他側躺著，一手輕輕地拍了拍床面，嘴角勾著令人無法抗拒的魔魅弧度，那雙緋色雙眸彷彿可以貫穿靈魂深處，窺見羅娜心中最柔軟的地方。

怦咚怦咚。

羅娜嚥下一口口水，她知道自己的心臟正無法抑制地加速跳著，雖然平時她總是跟巴哈姆特互相鬥嘴吐槽，且絕不手下留情，唯有補靈的時候……

這是羅娜最容易被攻陷的時間。

對於巴哈姆特……對於自己的式神，羅娜到底是怎麼看待的？

她自己也不是很清楚，但肯定不是戀愛關係吧？

絕對是主從關係才對啊！

平常打打鬧鬧，但在補靈時又會不禁心跳加速，宛如酩酊般整個臉頰都又紅又熱。

「哦呀……才聽到要補靈，耳根子就已經先紅起來了啊？」巴哈姆特注意到羅娜的耳朵已經紅如熟透的番茄。

「少、少囉嗦，要補靈是吧？那就快點，別盡是說些無聊的話了。」羅娜刻意地閉起眼睛走向巴哈姆特，在接近對方之際，巴哈姆特突然伸手拉了她一把，使她撞進自己的胸膛，並湊在她赤紅的耳朵旁低聲說：「妳呀，就算是嘴硬也很可愛呢。」

「唔！」毫無預警被異性在耳朵旁如此近距離地耳語，羅娜倒抽一口氣，身體反射性地退後了一點。

「還是一樣反應劇烈呢……我家御主的耳朵真是敏感帶吶。」

「又在說那些色情的話……」眼簾低垂，羅娜別開目光，遮掩自己方才羞人的反應，「要補靈就快一點！我今天可是累得很，想早點睡了！」稍稍推開巴哈姆特的胸膛，羅娜眉頭微皺，刻意裝出一臉不耐煩的模樣。

「哈哈，妳還是一樣禁不起挑逗啊。不過認真說起來，我們都補靈過好幾次了……妳仍會對本龍王的行為感到害臊啊？」巴哈姆特的嘴角依然掛著危險的笑容，他撩起羅娜的髮絲，有些尖銳的紫黑色指甲間流洩下幾根青絲，他將羅娜的秀髮湊到鼻前，閉上雙眼吸取髮香。

「當、當然啊！這種事……這種事如果不是為了補充靈力……怎麼可能隨隨便便跟一個異性這麼做啊……」羅娜沒有掙扎，乖順地讓巴哈姆特汲取著自己的髮香，她了解自家式神的喜好，因此事先挑選了對方喜愛的洗髮精洗了頭。

也不知為什麼，自己會主動迎合這傢伙的愛好……啊，只是舉手之勞而已！滿足式神的喜好要求，也是御主該盡的義務嘛！

嗯嗯，一定是這樣的！

「哦……這麼說來，本龍王就是奪走妳各種『第一次』的人囉？」巴哈姆特又將自己的臉湊得更近，近到羅娜都能感受到對方的鼻息與熱氣，她馬上扭頭說道：「什麼各種第一次！別老是說些奇怪的話啦！你、你這隻下流的小火龍！」

「哦呀，難道不是嗎？妳總叫我小火龍……本龍王倒是可以現在就讓妳見識一下真相。」

「給我閉嘴！你這萬年下流老色龍，不要企圖玷汙我的雙眼！」羅娜真想肘擊對方，不過巴哈姆特這麼一鬧，本來令她有些扭捏害臊的氛圍也消失了。

「啊——真是不懂得欣賞，這可是千載難逢的好機會呢……」巴哈姆特一指挖著耳朵，像是刻意忽略羅娜剛才說的話，「話說回來……妳不是時間寶貴嗎？該進行補靈了吧？」說著，巴哈姆特又將手伸向羅娜，將她的臉扳過來，面對自己。

「唔……知、知道了啦……」重新對上巴哈姆特的視線，羅娜只覺得又要跌進那一對攝魂的眼眸之中。

對於巴哈姆特，她的式神，羅娜說是了解也不是太了解。和這傢伙正式訂下契約到現在，其實不過一年的時間。之所以會與他成為主從關係……全是當年那場毀滅她童年幸福的意外。

「妳在想什麼呢？在本龍王面前想得出神……這可真是讓本龍王感受很不好呢，御主。」正當羅娜繼續深陷回憶時，巴哈姆特的聲音將她拉了回來。

「我……」羅娜咬了咬自己的下唇，忍住不說。

不能把剛剛想的事情說出來。

她很清楚，巴哈姆特不喜歡聽到她又回想起當年的惡夢，因為那件事的受害者不只有自己，還有巴哈姆特。

「既然妳不想說……」巴哈姆特挑起羅娜的下巴，壓低嗓音道：「就讓本龍王的唇直接問出答案吧──」

在羅娜毫無防備的情況下，巴哈姆特將對方拉近自己，雙唇就這麼直接地覆了上去。

「唔唔……」下巴不由自主地跟著抬高，羅娜眼簾半掩，兩頰刷上淡淡的嫣紅。

羅娜沒有再次推開對方，身體雖然有些僵硬抗拒，可是仍任憑巴哈姆特索取她的香吻。這是御主和式神間補靈的方式之一，對巴哈姆特來說，是最好補充靈力的方法。

羅娜緩緩閉上雙眼，每當與巴哈姆特進行補靈的時候，她的腦袋總會一片混亂，莫名地發熱，好像發燒一樣……雖然很不甘心，但她的初吻的確是被這傢伙奪走的。

遇到這種好色的式神，羅娜只能自認倒楣了吧……

她一開始是這麼告訴自己，透過幻想的方式，幻想此時親吻自己的人不是巴哈姆特，而是她那只存在於夢裡的王子。

可是這個方法套在巴哈姆特身上一點也不管用。

這隻龍王，總能用他技術高超又熱情挑逗的吻，以及他身上散發的獨特體香，強烈地表明正是他——巴哈姆特在熱吻著自己。

真是霸道不講理的式神啊……裡裡外外都是這般強烈地占據他人的感官。

此刻，羅娜能感覺巴哈姆特的唇扣住自己，四片唇瓣交互磨擦、緊貼，感受著彼此雙唇的芬芳與溫感。

光是這樣，還是無法補充靈力。與御主這樣親密接觸，絕非貪圖宛若戀愛的暈眩朦朧感，真正的能量來源，是來自於御主的唾液。

嚴格來說，應該是御主的體液，舉凡血液、汗水或唾液……都是式神能夠補充能量的目標。但在這些體液當中，血液的獲取需要傷口，汗水的話巴哈姆特又特別嫌棄，最後就只能選擇唾液了。

當然，羅娜認真懷疑，會選唾液來進行補靈，根本就是巴哈姆特下流的陰謀吧？

不然，她也不需要和這條色龍進行如此親密的行為……

此時，為了獲取靈力的能量來源，巴哈姆特將彼此的雙唇磨蹭得發熱微腫後，用舌尖撬開了羅娜的唇，將溫熱的舌侵略地探入對方的口腔之中。

被撬開雙唇的當下，羅娜倒抽一口氣，肩膀更是不自覺地顫動了一下。溫熱柔軟的舌頭探入其中，彷彿一條充滿侵略性的蛇竄了進來，帶著致命的誘惑，撩撥著羅娜的感官與欲望。

好熱啊……

整個人從頭到腳都發熱起來，那條名為欲望的蛇纏繞著自己，越綑越緊，幾乎要讓羅娜失去理智、沉浸載浮在情欲的熱海之中。

啊啊……每次都這樣……

明明只是單純的補靈，為何總被這傢伙弄得心神蕩漾呢？

不應該是這樣啊，這應當是戀人之間才會有的酩酊暈眩感，她跟巴哈姆特不過是純粹的御主與式神而已啊……

她感覺自己的後腦勺被對方溫柔地扶著，即便閉上雙眼，也能感覺到巴哈姆特的手指撥弄著她的髮絲，用指腹揉壓著她的頭皮。一方面好像掌控著她，另一方面又好似在替她放鬆，讓她能夠更加沉醉在這曖昧挑逗的補靈過程中。

「唔嗯……」

羅娜的喉間不小心溢出聲音，其實她很想轉移注意力，不想讓自己這般被束縛在補靈過程中。可是到底是為什麼呢……為什麼她就是無法稱自己的心意，整個人好像無法控制一般，只會一股腦地專注在這濃烈的熱吻中？

不行這樣，她怎麼可以每次都任憑式神掌控？

於是她皺起眉頭，略顯焦急地想出聲詢問巴哈姆特，只是她就是說不出任何一個字眼，每次一開口，就會變成單純的呻吟。

「啊……唔唔……唔……！」

大概是羅娜不斷嘗試發出聲音，巴哈姆特略感興趣地暫停了原本的索吻，彼此雙唇拉開一點距離，牽出一條透明絲線，看起來格外情色。

巴哈姆特低聲問道：「怎麼啦……到底想對本龍王說什麼？」

「我、我是想問你究竟要補靈到什麼時候……」

羅娜不敢直視兩人之間拉扯出的透明絲線，這對她來說實在太羞恥了，她才不會承認那是自己產生出來的東西。

「呵……妳啊，每次補靈的時候都會問這個問題。只是……」

「只、只是什麼？」羅娜心想，巴哈姆特那張嘴應該說不出什麼正經好聽的話。

「只是妳啊，一次又比一次還要更晚才將這問題拋出口……呵呵……」

「笑什麼啦……」

果然不是什麼正經的話，巴哈姆特這一串笑聲，更是讓羅娜產生各種不好的預感。

巴哈姆特將大拇指略微施力壓在羅娜的嘴唇上，嘴角勾著煞是迷人又帶點邪魅的笑容說道：「哈，這代表本龍王的御主似乎越來越騷了啊——承認妳就是喜歡上本龍王的吻吧？想要更多本龍王的吻對吧？」

聽到巴哈姆特這麼說，羅娜一愣，像是傻住一般持續了好幾秒，過了一會才回過神，立即否認，「才、才才才……才沒這回事！騷的人是你吧！你這隻色龍王才是喜歡上我的吻吧！哼哼！」

就算是嘴硬也要逞強到底，她身為一名御主怎麼可以在氣勢上輸給自家式神？

何況她才不要每次都讓這隻色龍占盡便宜！

只是羅娜萬萬沒料到，這好色龍王竟會來這麼一招！

「嗯……如果本龍王是真的喜歡上妳的吻呢——」說到一半，巴哈姆特突然湊到羅娜耳邊，用充滿蠱惑的沙啞嗓音說道：「妳的吻，妳的香唇，本龍王不討厭哦。」

「唔！」

耳朵接收到對方聲音的剎那，羅娜的身體猛然一顫，接著她倒抽一口氣，屏住氣息。

「你……你少噁心了好色龍王！」

一陣雞皮疙瘩爬了上來，羅娜正想用力推開巴哈姆特，只是剛要出手，就被對方一把抓住手腕。

「不要動不動就想動粗啊，妳這樣算是家暴哦，御主。」擺出一張燦爛無害的笑容，巴哈姆特笑笑地對著羅娜如此說道。

「胡說八道，這算哪門子的家暴啊！」

明顯的青筋浮上額頭，羅娜沒好氣地瞪了自家式神一眼，隨即用力地甩開手，

「補夠的話，就可以停止了吧！」

「誰說補夠了?今天的戰鬥可是讓本龍王累得很啊。」

「才讓你出來晃了一下就這麼累?哼，說你老還不承認！」

「老……咳咳！怎麼可能！本龍王可是永遠保持年輕且精力旺盛！不然妳現在就可以瞧瞧本龍王的褲襠……痛！」

「閉嘴，不要開口閉口都是這些下流的話，我看你是已經補充足夠的靈力了吧。」

一把推開巴哈姆特，羅娜起身離開了她的床，「現在你該認真思考，到底要怎麼幫助我順利進入聖王學園吧？」

「如果妳真能活到那時候，本龍王當然會盡力幫妳進入聖王學園。」

「你這話是什麼意思？就這麼想詛咒我嗎？」聽到巴哈姆特這麼說，羅娜立刻心生不悅地皺起眉頭。

「妳或許不知道，但本龍王可以感應得到……御主啊，妳身上散發著強烈的即死之氣。」

「即死之氣？」聽到這陌生的詞語，羅娜立刻拋出自己的疑問。

「啊——簡單來說，就是本龍王從妳身上看到了『即將死亡的氣息』。雖然只有一點點……但已不容小覷。」巴哈姆特有些煩躁地撓了撓自己的後腦勺，一對異於常人的紅色雙眼持續盯著羅娜。

「你的意思是……」羅娜眨了眨眼，心口好似飄來一片沉甸甸的烏雲，又厚又重還帶著雷霆，彷彿即將下雨、水氣凝聚的雲叢一般，令人胸悶難受。

「本龍王的意思是——如果再不想個辦法，妳，本龍王的御主羅娜，即將在十九歲這一年結束生命。」

這一夜，剛踏入十九歲大關沒多久的少女羅娜正輾轉難眠。

這回不是變態阿飄壓床，也不是被好色龍王騷擾，而是她徹夜都在思考著一件事：難道自己真的活不過十九歲嗎？

她將巴哈姆特和阿姨的話聯繫在一起，一個是巴爾娜娜奶奶的託夢預警，一個是自家龍王直接點破……

「難道我真的有一場大劫嗎……」

羅娜嚥下口水，心情沉重，就在她想翻身之際，赫然發現旁邊出現了一張臉。

她嚇得差點從床上跳起來，但想想不對！

「巴哈姆特你這好色龍快給我滾下床！」

羅娜二話不說，從棉被裡伸出腳，狠狠地朝巴哈姆特的屁股踹了下去！

「哎唷！」

發出哀號的同時，這名龍王大人就被羅娜硬生生踹下床，屁股跌坐在地上。

「你這傢伙，不對，是變態！誰允許你爬上我的床了！」羅娜坐起身，凶狠地瞪向從地板上爬起來的巴哈姆特。

「好過分啊……竟然這樣粗暴地對待本龍王，妳這沒良心又大不敬的平胸女……」巴哈姆特好不容易爬起身，一手摸著發疼的屁股，一邊無奈地碎念。

「你才是大不敬的傢伙吧！哪有人半夜爬上別人的床？還沒經過我的允許！」羅娜毫不客氣地對著巴哈姆特大喊。

「我可是偉大崇高的龍王啊，想做什麼就做什麼，哪需要得到他人的允許？況且式神爬上御主的床有什麼好介意的，我們可都是接過吻的關係了。」巴哈姆特拍拍屁股站起身，鼓起兩頰不滿地反駁羅娜的話。

「我、很、介、意！而且我們那是為了補靈！」

羅娜握緊拳頭，快被這傢伙給打敗了。還真是大王的氣焰，囂張狂妄得很！

「本龍王是看妳睡得不安穩，才想說安撫妳一下……畢竟對妳說出那種話，任誰都會睡不好吧……」巴哈姆特垂下頭低聲說道，語氣中帶著一絲愧疚。

「你把我當成狗嗎？陪睡就能安撫什麼的……」

羅娜看著眼神忽然變得格外溫柔的巴哈姆特，雖說這傢伙是不折不扣的龍王，但此刻看起來，更像一隻可以讓人依靠的大狗。

聽到巴哈姆特這麼說，羅娜表面上雖然有些嘲弄，但她的內心卻被觸動了。

一直以來，由於當年慘痛的意外失去雙親後，雖有阿姨照料著自己，但再怎麼說，還是不一樣的……從那時起，羅娜就沒有好好感受過一份溫暖。

她一直活在追查真相的生活之中，為了進入聖王學園，每天都過得戰戰兢兢，難有好好喘息放鬆的時候。因為如此，就算把自己武裝得再堅強獨立，偶爾夜深人靜、午夜夢迴時，羅娜也會被這份空虛寂寞的感覺淹沒。

雖然今晚的情形不太一樣，但也正因為只有自己一人苦惱，才更加令人不知所措。

她曾經渴望著誰能給予自己依靠，哪怕只是讓她稍稍靠住喘口氣的肩膀，羅娜就覺得自己又能繼續振作起來，堅強地面對未知的明天。

雖說巴哈姆特這種安慰方式顯得有些可笑，還有些奇怪。但這份心意，確實讓羅娜出乎意料地感動。

但羅娜是絕對不會說出口的，絕對不會讓巴哈姆特知道這件事。

「狗？妳更像貓吧？」

巴哈姆特嘴角揚起略微苦澀的笑容，「本龍王就是怕失去妳，明知妳可能只剩下一年的壽命，如果再不幫妳做點什麼，就要失去妳這個惱人卻又有點可愛的御主了。對本龍王來說……陪伴著妳一路奮鬥下來，也算有了革命情感，是伙伴一般的存在。」

字字屬實，句句都是心底的真話。

羅娜有些震驚了。在此之前，她從不曉得巴哈姆特竟對自己如此地看重……

不過羅娜感覺得出來，除了自己無意間成了這傢伙的救命恩人外，巴哈姆特似乎相當在意另一件事——

伙伴。

原來高傲的龍王是這般看待她的嗎？

羅娜莞爾一笑，她有股衝動想上前抱住自家式神。這傢伙是當初那場意外的另一個受害者。沒錯，巴哈姆特是自己父親的式神，一旦御主死亡，式神也會受到傷害，甚至危及性命。

當時的巴哈姆特似乎經歷過一場大戰，早就體力透支，加上御主死亡，羅娜眼睜睜看著巴哈姆特即將消散之際，強行接收了巴哈姆特。畢竟要替式神延續性命只有這個辦法！

不是正式簽訂契約，強行接收式神是相當危險的。御主的肉體會受到強大的衝擊，可能因此失去性命。不過，不幸中的大幸，羅娜僥倖地活下來了，在那之後便癱瘓在床上長達一個多月。

也是從那時候起，羅娜才曉得原來她繼承了雙親「靈人」的體質……也罷，現在不是回想這些的時候。

羅娜深吸一口氣後問道：「話說回來，你要我怎麼相信……你和奶奶所說的那個不祥預言？」

這個問題她早就想弄清楚了。

她雖然擔心自己，但由於事情太過荒謬，令人難以置信，眼下又沒有確切的證據……她需要更加了解情況才行。

「好吧，為了讓妳認清事實，本龍王就試著解釋一下。只是本龍王也沒有什麼直接的證據，畢竟妳身為人類是看不到那種即死之氣……不過只要有本龍王在，一定會想盡辦法讓妳存活下來，進入聖王學園找出那該死的凶手！」

巴哈姆特挺直胸膛，正色又認真地對著羅娜宣示，他充滿自信地拍了拍自己的胸脯，眼底散發出堅定的光芒。

不知為何，看著巴哈姆特這副模樣，羅娜覺得莫名地可靠帥氣……不對啊，這傢伙明明是好色龍王，可別被他騙了！

她一定是最近太累了，視覺出現疲乏才會有這種反應！

阿彌陀佛、耶穌基督，請清除掉她雙眼的業障跟魔鬼吧！

就在羅娜低下頭來，雙手合十準備清掉自己腦海內奇怪的念頭時，門外突然傳來緊急的敲門聲。

「小娜！小娜！」門外傳來阿姨緊張的叫喊聲，打斷了羅娜的思緒。

「這麼晚了，那個老太婆到底是要幹嘛？」

明明是深夜時分，平常這個時候，工作回來的阿姨都睡得跟豬一樣，今天怎麼這麼有精神？

而且，口氣聽起來還很不妙的感覺？

羅娜從床上起身前去應門，開門之前，先用眼神示意巴哈姆特隱身起來。畢竟對一般非靈人來說，突然看到一名長相異於常人的式神很容易嚇一跳。巴哈姆特點點頭，馬上變成小飛龍的模樣，飛到櫃子後頭完美躲藏。

「老太婆，又有什麼事？這麼晚了難道不用睡覺嗎？就算妳不睡也用不著吵醒我吧？」一打開門，羅娜就擺出一張結屎般的臭臉面向自家阿姨。

「妳這沒禮貌的小太妹，我明明聽到妳在跟人講話！是在跟哪個小鮮肉還是帥哥聊天嗎？啊不對，這不是我急著找妳的重點！」愛麗絲先是沒好氣地回罵自家姪女，接著又像是突然想到什麼，趕緊話鋒一轉。

羅娜有時候很想白眼這位年長自己好多歲的阿姨，只是話說回來，她還真是好奇對方是為何事而來。

「我很睏了，有什麼事就快點說吧，明天一大早我還要趕去訓練呢……」

羅娜的確睏了，說完還打了個大哈欠，她一整晚都沒睡著，現在反而想睡得不行。只是她萬萬沒想到，愛麗絲接下來的這句話，將使她這一夜徹底失眠——

「小娜，阿姨幫妳找到合適的對象——有人願意娶妳，妳可以出嫁啦！」

第五章

Scepter of Rose King

羅娜板著一張臭臉，大概比以前任何一張臭臉都還要臭的程度。

只因她現在猶如身在惡臭的泥沼中，無法逃開也無法做出任何動作。

實際上，羅娜身處之處並非真的非常糟糕，至少環境還是相當不錯的。動人的音樂在空中悠揚，食物的芬芳環繞四周，而且這個空間還專屬於他們——某間由羅娜阿姨預定的高級餐廳包廂。

羅娜不賞臉的理由，另有原因。

現在本該是她前往訓練的時間。為了繼續參加聖王學園入學考，特訓是絕對必要的。無論是戰鬥或是偶像「娜娜醬」的經營方針，羅娜都預約了專門的補習班打算重點加強。

然而，今天早上，愛麗絲卻強硬地要她請病假，二話不說就拉著羅娜來到這家高級餐廳。

這一切的起因就在昨晚。

「小娜，阿姨幫妳找到合適的對象啦——有人願意娶妳可以出嫁啦！」

昨晚阿姨猛敲房門，就是要告訴她的姪女，她終於找到願意娶羅娜進門的人了！

羅娜當下聽得一臉茫然，頭頂瞬間浮現一堆問號搭配黑人臉，大半夜的跟她講這個，這老太婆是不是起肖啦？

誰知，她這位天才阿姨竟不是在說假話。她不知用了什麼手段，及時訂下這家餐廳的包廂，還很效率地和對方約好時間，在今天中午進行雙方的「第一次見面」。

被強拉到餐廳後，羅娜的表情面如槁木、毫無生氣。她根本就沒答應要見面啊！那個老太婆居然擅作主張！

再說，到底有沒有顧及她的感受啊？

莫名其妙就被安排跟人見面？

這簡直是變相的相親吧！

就在相親對象即將到來之際，羅娜突然感覺自己放在膝上的背包正在蠢動，而且越搖越劇烈。羅娜打開查看，拉鍊才一拉開，赫然有道黑影衝了出來！

「啊！有、有什麼東西撲到我身上了！」

黑影衝撞到旁邊的女服務生，嚇得她花容失色，身體整個向後縮去。

「別怕！我幫妳趕走那髒東西！」

另一名男服務生見狀，像是想表現英雄氣概般厲聲大喊，同時胡亂地揮舞著雙手。

「那個黑影難道是……」

羅娜倒抽一口氣，腦海閃過一個念頭，趕緊上前一把抓住造成動亂的始作俑者。

「妳、妳要做什麼！」

女服務生一見到羅娜靠近自己，立刻揚高尾音驚呼。羅娜顯然不把對方當一回事，她抓準時機，以迅雷不及掩耳的速度抓住黑影，接著用力地往背包裡塞！

「老太婆，我去廁所一趟！」

羅娜對著剛盛飲料回來的愛麗絲丟下這句話，也不管愛麗絲的詢問和旁人的叫喊，頭也不回地往女廁所跑去。

「呼呼……好險這裡沒有其他人……」

跑到廁所後，羅娜匆忙地左顧右盼，確認沒有其他人，便將廁所門鎖上。接著，她將不斷晃動的背包放置在洗手臺上，「刷」地應聲打開。剎那，只見一道黑影迅速飛出，翅膀拍動的聲音回響在狹小廁所中。

「你來做什麼——巴哈姆特！」

羅娜一手用力地拍在洗手臺面上，生氣地對著那道黑影——也就是高傲偉大龍王化身的小飛龍怒斥。

「幹嘛這麼生氣呢，見到本龍王愛相隨是不是很感動呢？」這龍王好像一時間搞不清楚狀況，邊飛邊歪著頭問道。

「愛你的頭啦！誰會感動啊！你可是未經允許躲進我的背包裡耶！」

羅娜馬上又說：「你不是說要待在家裡好好休息？怎麼跟出來了？不是每個非靈人都能接受式神的存在耶！你這樣可是會嚇著對方的，他們要是做出什麼事來我可不管！」

如果事情真的發展成那樣，就會變得相當棘手。

雖然沒有法規限制靈人不可以在大眾面前現出式神，但若驚動一般非靈人，他們可以通報「靈務管理局」，如此一來，被舉報的御主跟式神就會受到懲處，嚴重的話，甚至可能剝奪式神的生命！

「喔……妳這是在擔心本龍王的安危嗎？」聽了羅娜的連環怒吼，巴哈姆特的反應卻相當平靜，甚至還略帶感動。

「哈啊？你是不是搞錯什麼了？我這才不是擔心你的安危！」

「真沒想到，妳居然這麼擔心本龍王，妳果然是愛著本龍王的啊……」當著羅娜的面自我陶醉起來，巴哈姆特這句話立刻引來羅娜的翻白眼攻擊。

「不要隨便做出奇怪的結論好嗎？你這萬年好色的自戀龍王。」

「話怎麼可以說得如此狠毒呢？本龍王可是擔心妳的安危才跟來的呀。」

「有什麼好擔心的啊？不過是跟人見面吃個飯而已。」羅娜再度翻了個白眼，沒好氣地回應。

「真是怪了，難道本龍王弄錯了嗎？我看遊戲攻略書上都是這樣寫的，愛相隨就可以增加攻略對象的好感度……」巴哈姆特面帶糾結地喃喃自語。

「你到底看了什麼東西……不對，為了這種事去看遊戲攻略書本身就很奇怪吧！」

已經不知道該如何吐槽這隻笨龍王了，難到活了將近千年也跟著老人痴呆了嗎？羅娜手扶著額頭，感到十分頭疼。

「算了，我只想問你為何要跟來？」羅娜一手將瀏海往後撥，露出好看飽滿的額頭，嘆口氣問向停在洗手臺上的某飛龍。

「嘛，那是因為……」被羅娜這麼一問，巴哈姆特支支吾吾了起來，好像有些難為情。

「因為？」羅娜歪著頭看著眼前這隻和人形模樣相去甚遠的小飛龍，她不是很明白，回答這個問題有什麼好難為情的。

深吸一口氣後，巴哈姆特終於將答案一鼓作氣地吐出，「本龍王就是覺得很不是滋味——妳居然當著我的面和別的男人相親！」

「哈啊？」聽到答案的當下，羅娜都傻眼了。

食指揉著太陽穴，羅娜真不知道該怎麼跟這隻老人痴呆的龍王對話下去了。

到底是怎樣的心態，才會這般不是滋味？

這隻龍王怎麼可能對她這名御主……不可能，絕對不可能！從沒聽說過式神跟御主發展出愛情，肯定只是那隻好色龍王無聊的占有欲罷了！

「姑且不談本龍王的感受，」巴哈姆特突然語氣一轉，變得認真起來，「真的只要有人娶妳就可以化解大劫嗎？沒有別的方法？這世上沒有這麼絕對的事情吧。」

之前化身龍形躲起來的時候，無意間聽到愛麗絲和羅娜的對話，得知只要讓羅娜順利「出嫁」就能破解大劫。

雖然不是很懂，但巴哈姆特認為一定另有他法。

「目前看起來是這樣沒錯，至少老太婆是這麼相信的。但那又如何？我也沒打算真的隨便嫁人啊。」

她根本是被硬逼來的，只是羅娜沒將這句話說出口。

「不管妳阿姨相不相信，但妳自己希望破解十九歲的死劫嗎？」巴哈姆特壓低聲音，無形間更增添一股嚴肅的氣氛。

「什麼嘛，突然這麼嚴肅地問我……」反射性將身體微微向後傾，羅娜面對巴哈姆特的問題一時間有些意外。

「妳不想死吧，告訴本龍王妳不想死，然後不管什麼方法都願意嘗試！」

這次巴哈姆特直接飛到羅娜面前，給予她更多壓迫感。

「我……我當然不想死啊！可是我也不想隨便嫁給陌生人！如果有其他辦法的話，我當然想試！」被巴哈姆特這麼一逼問，羅娜終於說出這陣子一直藏在心底的想法。把話說出來的瞬間，她頓時覺得內心舒坦多了。

從得知十九歲將遭遇大劫這件事後，羅娜心中總像蒙上一層陰影般，胸中有一股難以傾吐的煩悶。

只是自己向來愛逞強，所以一直沒有將這份苦惱吐露出來，不斷強行壓抑在胸中。

在巴哈姆特的逼迫之下，羅娜終於將這份苦水吐了出來，本來被苦澀塞滿的胸膛也隨之得到解放。

「很好。」在將羅娜真實的想法逼問出來後，巴哈姆特輕笑了一聲。

「那麼，這個重責大任就交給我吧。」

巴哈姆特瞬間變回人形，再度展現翩翩美男子的模樣。他順勢優雅地牽起羅娜的手，另一手覆在自己胸前，抬起頭來，對上羅娜的目光，端出最迷人的微笑道：

「我的御主，本龍王一定會幫妳找到破解方法——讓妳順利活下去！」

第六章

Scepter of Rose King

丟下「你腦袋有問題啊」和「最好你有辦法做到」兩句話，羅娜捧著臉頰衝出洗手間，一片混亂地跑回原本的包廂。

一回來就聽見愛麗絲忙著問她「到底怎麼了」「剛剛襲擊服務生的黑影呢」「妳去廁所未免也太久吧」等等諸如此類的話。

腦子裡亂烘烘的羅娜根本沒能將阿姨的問題聽進去，她一屁股坐了下來，迅速倒一杯冰水，大口大口灌下，想要藉此沖去腦海裡混亂的思緒。

「呼……」

羅娜好不容易冷靜下來，終於清醒過來似地，發現本來應該來到現場、坐在對面的相親對象根本不見人影。

「奇怪，他們人呢？」羅娜繼續喝著杯中的冰水，一邊轉頭問身旁的愛麗絲。

愛麗絲深深嘆了一口氣，一手撐著額頭說道：「肯定是妳平時太惡名昭彰，人家後悔不來了啦！」說完又再次嘆氣，愛麗絲心中的愁苦已經無法用冰水化解，對她來說是需要啤酒的程度了。

「哦？是嗎？這樣也好，反正我不會答應的。」聽完阿姨的說明後，羅娜只當什麼事也沒發生，輕鬆地回應。

愛麗絲聽到自己的姪女這麼說，馬上臉色一變，口氣跟態度跟著暴躁起來。

「我說小娜，妳還是這麼嘴硬嗎？奶奶說的話妳難道都不擔心嗎？妳可知道，我是靠多少關係才找到一個願意娶妳的人？」

「當我沒行情？以後一定還有別人願意娶我啦！」

「什麼？妳……剛剛說了什麼？」愛麗絲以為自己聽錯了，於是她確認般地又問了一次。

「啊，糟糕……」羅娜終於意識到自己好像說錯話了，下意識用手摀住自己的嘴。只是愛麗絲沒讓她有逃避的機會，馬上一把拉開羅娜的手，逼近追問，「小娜，把剛剛的話再說一次！」

「我……我是說妳幻聽啦！沒事的話我要回家了！」羅娜立刻背起背包，起身離開。愛麗絲攔不住她，只能看著自己姪女迅速離開包廂。

「喂喂！餐點都還沒吃幾口呢！這家很貴的啊！」愛麗絲只能揚長聲音叫喚對方，一邊苦惱這滿桌的餐點該如何是好。

「奇怪，剛剛小娜是不是說……還有別人願意娶她？這怎麼可能，哪個正常的、活生生的男人會看上我家小娜啊？」搔了搔自己的下巴，愛麗絲陷入沉思。

此時，一名年紀輕輕的男服務生剛好進來收拾餐盤，愛麗絲突然問道：「這位先生，你們現在年輕人是真的很開放嗎？隨便都可以抓到人結婚嗎？像我這種大齡女子還有機會嗎？我看你不錯要不要就……」

被愛麗絲抓來問話的男服務生，頓時露出惶恐的神情。只見他拿出手機準備按下 110，並說出那句經典臺詞：「警察先生，就是這個人！」

匆匆忙忙逃離現場後，羅娜租了一臺腳踏車騎車返家，身後的背包仍三不五時傳來晃動。

「你給我安分點啦，巴哈姆特！」羅娜一邊騎著腳踏車，一邊回頭壓低嗓音說道。

在人來人往的大馬路上，羅娜不能大聲喊話，但被她強行裝入背包的巴哈姆特還真是有夠吵的。但如果式神不同意，她也無法強行將他收起來。既然如此，只能任由這傢伙在自己的背包裡掙扎了。

然而，在羅娜準備騎車橫越馬路之際——

「叭——！」

先是一聲幾乎要震破耳膜的喇叭聲，那聲音彷彿震壞了羅娜所有反應神經。隨後背包不停激烈地晃動，此刻羅娜卻完全無暇關注，剎那間，她的靈魂就像被勾走了一樣——

「砰！」

一聲駭人巨響，一陣劇烈碰撞，一道人影摔了出去，事故現場一片狼藉。失去主人的腳踏車橫躺在路邊，不斷空轉著車輪……

「嗶——嗶——」

儀器規律運轉的聲音，以及帶著濃濃消毒水味的冷冰空氣，這是羅娜在睜開雙眼前感受到的一切。

她的手指試著動了一下。感覺還行，雖然不是很有力氣，但不至於非常疼痛。

此時，旁邊有名女性的聲音突然呼喊著，「醫生，病人清醒過來，恢復意識了！」

接著，羅娜聽到匆匆忙忙的腳步聲趕了過來，還沒聽見醫生的聲音，耳邊就先傳來愛麗絲緊張的問話：「小娜？小娜妳醒來了？快睜開眼睛別嚇我啊！」

這熟悉的喊話讓羅娜緩緩地撐開眼皮，重新看見這個世界。雖然視線仍有些模糊，但她確認了自己還沒有死去。

只是……

到底發生了什麼事？

正要回想之際，彷彿不許她想起似地，一陣劇痛突然傳來。看到羅娜面露痛苦，一旁的愛麗絲緊張地說：「小娜，妳哪裡還痛嗎？醫生呢？醫生怎麼還不來啊！」

「我沒事啦……老太婆……」看到阿姨如此擔心焦慮，羅娜勉強擠出這句話。但她喉嚨乾渴，說起話來頗為吃力。其實她也不知道自己到底有沒有事，會躺在醫院，大抵是經歷了什麼大事吧。

對了，她記得自己好像是……是在騎腳踏車要回家的路上……

「醫生來了！小娜啊，如果哪裡不舒服一定要跟醫生講哦！」愛麗絲先是轉頭看向病房門口，見到醫生匆忙趕來後，馬上回頭對著羅娜說道。

在醫生一番仔細的檢查之下，她們終於得到一個令人安心的答案。

「嗯，妳姪女目前應該沒事了，只要好好休息，最快今晚或明天早上就能出院了。」

「真的嗎？太好了，謝謝你啊，醫生！」愛麗絲聽到這個好消息，既高興又感動地握住醫師的手，激動地向對方連連點頭道謝。

目送醫師離去，愛麗絲隨即對著病床上的羅娜說道：「小娜，妳好好休息，有什麼需要都跟阿姨說！妳真是嚇死我了，我在餐廳接到醫院急診打來的電話，說妳出車禍了，嚇得我當時蹲馬桶都來不及擦屁股就穿上褲子衝過來了！」

「呃……後面那句話有點多餘，可以不用說出來……」本來還有點感動，只是老太婆後面的話一說出口，羅娜的感動立刻被抹滅，腦海中只剩那個可怕的畫面。

嗯……老太婆的褲子應該有換過吧？

唔，她才剛恢復，還是不要想這個噁心又令人毛骨悚然的問題好了。

對了，話說回來，原來自己出了車禍嗎？

「阿姨，妳剛剛說……我出車禍了？」羅娜想起愛麗絲剛剛說的話，眉頭微微一皺，納悶地問。

「對啊！難道妳全忘了嗎？聽目擊者說，妳騎腳踏車的時候被大卡車撞上，飛了出去！接到電話的時候，我簡直嚇壞了！雖然妳現在看起來沒事，是不幸中的大幸，但這更讓我確定了一件事──」愛麗絲這麼說道，羅娜隱隱約約能猜到阿姨接下來會說出什麼話。

「那就是──在妳十九歲這段期間，隨時隨地都可能突然離我而去！的確就像奶奶說的大劫在前！」

愛麗絲這一席話，像震耳的警鐘敲響了壓抑在羅娜腦海最深處的恐懼。

她終於想起來了。

車禍發生時的情況，羅娜恐怕永遠也忘不了。當下那份衝擊的害怕讓腦中一片空白，那種彷彿明白自己即將死亡的強烈感受，讓羅娜此刻仍不禁戰慄。

她深吸一口氣，此時她跟自己的阿姨一樣，確信了巴爾娜娜奶奶與巴哈姆特所說的預言很可能是真的。

這個念頭才剛在心裡落定，羅娜又猛然想起另一件事。

「對了，巴哈姆特呢？」

打從她清醒過來後，就沒有看到那傢伙的身影。雖然醫院不太可能容得下一隻飛龍外形的式神，不過巴哈姆特可以化作人形……總之，沒看到他就覺得哪裡不放心。

身為一名御主，她很清楚如果自己受到傷害，式神也會遭受波及。式神無法送醫院接受治療，必須靠補靈才能恢復元氣。

醒來後沒看到人，她怎能放心呢？

「妳是說妳的式神，那隻小飛龍嗎？」阿姨是非靈人，但多少了解自己的姪女，也明白唯有靈人才有資格考取聖王學園。

「呃，對，正是那傢伙……妳有看到他嗎？他本來應該在我的背包裡……」

想起阿姨沒看過巴哈姆特人形的模樣，羅娜頓了一下後又道：「作為他的御主，我有點擔心他的狀況。」

她感應得出來，巴哈姆特沒有待在她體內，所以肯定還在外頭。

「來醫院後我是沒看到他啦……不過，他還真是一個不錯的式神呢。」

「這話是什麼意思……」羅娜才剛甦醒沒多久，只能有氣無力地問話。

「聽目擊者說，妳家式神在妳出事的時候，從妳的背包裡鑽了出來，一直在妳上空盤旋打轉，絲毫沒有飛離的意思。」

在公共場合，為避免驚動一般民眾，式神間有個不成文的規定，那便是盡可能不在大庭廣眾下變身人形。

即便在羅娜出車禍的當下，姪女的式神仍嚴守著這項規定，真是一個相當沉得住氣也不易驚慌的式神。

愛麗絲一邊用手刮了刮自己的下巴，頗為肯定地點了點頭，「除此之外，我也不曉得是不是目擊者的想像力太豐富啦……他跟我說，妳家式神非常鎮定地找了旁人來幫忙，至於當時用什麼方法我就沒細聽了。」

聽著愛麗絲的敘事，羅娜的腦海浮現出巴哈姆特身影，那張有點跋扈又帶點魔魅氣息的俊美臉孔，一時間讓她胸口暖暖的。這份溫暖好似比蓋在身上的電熱毯還要溫熱，還要更加直達內心深處。

「巴哈姆特……」眼簾低垂，羅娜不自覺地念出對方的名字。

她腦海忽然產生一個念頭，甚至是一股莫名的衝動，或許有點胡來，但是她想，若要化解十九歲的大劫——

如果對象是巴哈姆特，她或許願意勉強「嫁」給這個人。

「巴哈姆特？原來你在這裡啊……」

由於身上僅有一些皮肉擦傷，儘管護士跟阿姨都千叮嚀萬交代要羅娜好好臥床休息，羅娜卻覺得自己已無大礙，便偷跑下床，心裡只繫著巴哈姆特的下落。

作為一名御主，能感應到自家式神的氣息，於是她循著氣息，在醫院樓梯的轉角前，似乎看到了巴哈姆特的背影。

正想上前一看，前方身影卻赫然消失，而背後傳來一道陌生嗓音，「居然自己送上門來了呢……羅娜。」

羅娜突然寒毛直豎！

當下，她不知所以地感到一陣強烈的壓迫，像一隻受驚的貓般反射性跳開。轉身一看，映入眼簾的竟非巴哈姆特，而是一個似曾相識的男人。

羅娜蹙眉，此刻腦海中只有一個念頭：這個人，是誰？

為何她會感到有些熟悉？

為何會讓她打從心底感到寒冷與危險？

明明氣息跟巴哈姆特截然不同，為何剛剛她卻一時錯認？

各種困惑在羅娜的腦子裡翻騰，她努力地想找出答案，不過她很快意識到，眼前這人根本不是一般人類。

「不，不對，你是……！」羅娜的腦海瞬間閃過一段記憶，她倒抽一口冷氣，生理的冰冷比不上此時她內心感受到的酷寒和難以抑制的憎恨怨怒。

她不會認錯的。

那微微上勾、邪氣重瞳的紫色眼眸，淺紫色長辮繞過脖子垂掛在肩上；左耳垂掛著妖豔的紅寶石耳環，黑色如魚骨般的刺青纏繞在手臂上。他穿著一身暴露的中東風格服裝，腳踩羅馬涼鞋，身材高大精瘦，腰部的曲線如豹子般優美——

「法哈德……！」羅娜一臉驚駭地吐出這個名字。

她之所以如此震驚，是因為這個名為「法哈德」的男人，理應不可能出現在這裡！

「果然還記得我啊，我的羅娜，我的百合花。」囂狂的笑容，勾人心弦的低沉嗓音，和羅娜的驚慌相比，此人顯得從容許多，甚至對羅娜認出他一事感到十分愉悅。

「為什麼……為什麼你會在這裡！」羅娜雖然沒有任何動作，只是不停質問眼前的男人。實際上她已經在想該如何應對接下來的局面，若有必要，即便使用「式咒」，也要將巴哈姆特強行召喚到身邊護衛自己。

這麼謹慎且不惜浪費一個式咒，正因為這個男人對羅娜而言，是宛如「魔王」一般的存在。

邪惡、危險又令人害怕的強大存在，站在黑暗世界巔峰的男人，靈人界被稱為「漆黑的深淵魔王」——法哈德！

羅娜曾經是這名魔王底下的受害者之一，卻也是唯一從他手掌心逃脫的生還者。

羅娜永遠記得，那樣刻骨銘心的慘痛，在她十五歲的那一年——

「不許你……不許你用那種方式稱呼我！你這個殺人魔！」顫抖著身子，不知是出自於激動還是心底的恐懼，羅娜握緊拳頭對著法哈德咆哮。

「百合花」這個稱呼……她不許這傢伙用他的嘴玷汙這個名字！

這個暱稱，是她最愛的父親在兒時給她取的小名。

就算全世界的人都這般叫她……唯獨這傢伙，這個名叫「法哈德」的混帳，她是絕對不能容許的！

「呵……」面對羅娜憤怒的指責，法哈德只是輕聲一笑，那抹笑容裡甚至帶有一點無奈的苦澀。

羅娜注意到對方臉上的笑容有些許異樣，不像是一名萬惡的魔王會有的表情，但羅娜怎樣也無法卸下對此人的仇恨和怒火，她再次對著法哈德質問，「你究竟是為了何種目的出現在我面前！」

「羅娜啊，妳是被仇恨蒙蔽了雙眼嗎？到目前為止妳還沒看出哪裡不對勁嗎？」

「什麼意思？不對，別以為這樣就能轉移我的注意力！」聽到法哈德這麼問，羅娜愣了一下，接著又搖搖頭回過神來，再次凶狠地說道。

法哈德搖了搖頭，臉上的苦笑更明顯了。他一手攤開來對著羅娜說：「看看我的狀況吧，羅娜，妳好好地仔細看清楚。」

「你到底要我看什麼……咦？」羅娜本來還有些抗拒，半信半疑地順著對方的意思仔細地查看了一下後，不禁發出困惑的聲音。

「怎麼會……沒有腳？」

羅娜愣愣地看著法哈德的身體下方，映入眼簾的不是常人應有的雙腳，而是半透明、彷彿隱形了一樣的身軀。

「你這是……靈體狀態？」

正常來說，會出現靈體狀態只有兩種情況，一種是本身依附著御主存活的式神；另一種，羅娜以前曾經看過……

即是「已死之人」。

「怎麼可能……強大如你怎麼可能會……何況你並非常人，而是——」羅娜難以置信地睜大雙眼，驚恐地看著下半身透明、懸浮在半空中的法哈德。

今天換作他人，羅娜或許很快就能接受自己親眼所見的事實，但此刻出現在她面前的男人絕非常人。

人稱「漆黑的深淵魔王」的法哈德，是她父親生前一手創造出來的——人造人。

雖然因為太過強大，使得羅娜的父親無法將其控制，但法哈德仍與父親保持一定的聯繫。小時候羅娜曾聽父親說過，人造人擁有一般人類所沒有的強大肉體與力量，據說沒有痛覺也沒有靈魂，還擁有控制式神的能力，是近乎完美的個體。

可是這就玄了——

倘若人造人真的沒有靈魂，為何法哈德會以靈體的狀態出現在她面前？

難道說，父親當年的實驗已經超越了禁忌領域？

除此之外，身為人造人的法哈德又是怎麼死的？為何會出現在她面前？

不、不對，嚴格來說法哈德並沒有死亡！

他比較像是脫離了原本人造的肉體，處於靈魂出竅的狀態！

一般人摸不著也看不見他，但身為靈人的羅娜既能看得見又能摸得著。總之，法哈德這傢伙處於一種很複雜微妙的狀態……

「看來妳在短時間內想了很多嘛，這麼直勾勾地盯著我瞧了好一會呢，我的百合花。」法哈德略帶嘲弄的聲音打斷了羅娜的思緒，羅娜這才從思緒深淵中爬了出來，深吸一口氣回應道：「我的確有很多問題想問你，但撇開其他不談——你找上我究竟有何意圖？」

不管此人是活著也好，還是死後的靈體也罷，只要跟法哈德有關就絕對沒好事。

更何況，這傢伙不僅危險，還是當年慘案的重大嫌疑人！

「法哈德，你找上我該不會是想滅當年的口吧？不過你都已經做鬼了，執念還這麼深嗎？再說，像你這樣的人又有什麼臉敢出現在我面前！」羅娜毫不客氣地指著對方怒罵，當年的案子還沒釐清，這傢伙倒好意思跑到她面前來？

就這麼想找死嗎！

「我已經和當年不同了！那時候的我還不是靈人，更別談什麼式神，如今就算你是鬼，我一樣可以將你打得魂飛魄散！」

巴哈姆特那隻令人擔心的笨龍還未歸來，面對即使做鬼依然棘手的麻煩人物，虛張聲勢是不可或缺的。縱使自己無法完全擊敗對方，但法哈德應該也不敢對她輕舉妄動。

「真是長大了呢，羅娜，當年那個哭哭啼啼的百合花已經變得可以嚇唬人了。」法哈德雙手抱胸，微笑注視著像隻刺蝟般豎起全身刺毛的羅娜，只是他的眼中卻摻雜了許多複雜的情緒。

好像……法哈德很樂見她這般武裝自己一樣。

真是怪了，她是不是看走眼了？

「少拿以前的事來刺激我，你這樣只會讓自己更沒有立場站在我面前。趁我還有一點理智，你最好趕快給我消失！」

「難道妳就不想聽聽看，我即便做鬼也要來到妳面前的原因嗎？或者……妳難道不想知道是誰讓妳最痛恨的仇人變成這副模樣？」

「唔！」好奇心被對方一句話戳得正著，羅娜一瞬間動搖了。

「果然還是想知道的，對嗎？」法哈德當然沒有錯過羅娜的反應，他從容地笑著，根本不像是被殺害的亡魂，絲毫沒有散發出一點難受或哀怨的氣息。

羅娜覺得十分古怪。

明明一開始這傢伙還帶著強烈的怨氣……怎麼隨著和她交談的時間越長，身上的怨氣卻逐漸降低了呢？

她可沒有這種靠語言驅除邪氣的能力啊！

「我……我當然想知道是哪一個笨蛋這麼無聊先把你給殺了！你這傢伙應該由我親自手刃！」羅娜握緊拳頭，有那麼一瞬間，她確實很想朝對方揮拳，可是法哈德是靈體的狀態，她肯定打不著。

「很有骨氣，就算只是嘴硬逞強我也聽得很愉悅……我的百合花啊，沒能讓妳親、自、殺、了、我……」法哈德突然湊到羅娜耳邊，低頭在她耳畔吹了一口寒氣，壓低嗓音道：「真是太可惜了……不然那樣的畫面，著實令我興奮呢……」

羅娜立刻摀住耳朵，反射性退了一步，露出驚慌中挾帶著憤怒的神情瞪向法哈德。

剛剛那算什麼？

她被自己的仇人外加一名死鬼調戲了？

別開玩笑了！

「法哈德……！」就在羅娜剛想使用式咒強行將巴哈姆特召喚過來之際，法哈德竟先笑著一步退開，「我們還會再見面的——我的百合花。」

話音一落，羅娜還來不及反應，法哈德的身影便驟然消失得無影無蹤。

「別想逃！法哈德！」羅娜正想追上去，身後卻忽然傳來一道熟悉的叫喚。

「平胸女，妳在幹嘛？」

羅娜聽到聲音時愣了一下，過了一會才回過頭去，映入眼裡的身影正是巴哈姆特。

「我在幹嘛……我才想問你剛剛去哪了！」羅娜的反應看起來頗為激動，但見到巴哈姆特，她心底著實鬆了一口氣。雖然巴哈姆特是隻老色龍，嘴巴又特別惡劣，但對羅娜而言，巴哈姆特是她最信任的式神，只要有他在，她就會變得安心。

當然，這些話她才不會對巴哈姆特說，讓那傢伙聽到他的下巴只會抬得更高。

「我只是去外頭散散心，待在病房裡看妳躺在床上實在有點難受……別說這個了，妳不是應該好好躺在床上休息嗎？醫生沒說妳可以下床走動了！」巴哈姆特皺起眉頭，嚴肅地盯著身上還穿著白色病患服的自家御主。

「唔，我會下床走動還不是因為你……」

「妳說什麼？」巴哈姆特瞇起雙眼，羅娜的小聲嘀咕他聽得不是很清楚。

「什、什麼也沒有！」羅娜別過頭去，臉上浮上一層淡淡的紅暈。

「是嗎？真是讓人起疑呢……本龍王猜想，是妳醒來看到本龍王沒在身邊而感到擔憂吧？」巴哈姆特微微抬高下巴，嘴角勾起一抹壞笑，略顯高傲地對著羅娜提問。

「哈啊？誰會擔心你啊！我又不是什麼剛出生的雛鳥，最好醒來的時候需要看到你啦！」羅娜馬上反駁巴哈姆特的說法，只是她忽然感到一陣暈眩，站不住腳地向前倒去。

「小心！」巴哈姆特見狀立刻上前接住羅娜，順勢將她擁入懷中。

「都說了妳不可以隨意下床走動，妳看吧，這下連站穩都做不到！」雖然嘴巴毫不客氣地訓了羅娜一頓，巴哈姆特的手卻抱得很牢固，深怕一個不小心又將羅娜摔落般小心翼翼地保護著。

「囉嗦，我知道了啦……」

和自家式神一個樣，羅娜嘴上也是強硬得讓人直搖頭，但內心深處卻十分感謝巴哈姆特的這份心意。

巴哈姆特的胸口……

有那麼一點溫暖，有那麼一點厚實，有那麼一點……令她安心。

明明更超過的事情在補靈時都做過了，僅僅只是一個出乎意料的擁抱，卻讓羅娜不禁心跳加速。

她深吸一口氣，想試圖讓自己意亂情迷的情緒穩定下來，沒想到反而吸取了更多巴哈姆特身上的氣味……

來自這個男人身上的體香，竟是如此地好聞，讓人不由自主地想將頭深埋進他的懷抱。

但羅娜忍住這個衝動，她很清楚自己要是真的這麼做了，肯定會被巴哈姆特嘲笑，自此又會多一個把柄在這頭老色龍手中。

「話說回來，妳剛剛是不是在和誰說話？」巴哈姆特一邊問，一邊輕輕地將手放在羅娜頭頂，溫柔安撫似地順了順她的頭髮。

不知道為什麼，巴哈姆特順勢就這麼做了，或許是羅娜這小妮子的頭髮特軟特好摸吧？

反觀被摸得蹙起眉頭來的當事者，羅娜瞇起雙眼回答了他的問題，「果然還是被你看到了啊……不過，應該說要不是你來的話，我可能早就遭遇不測了。」

聽到羅娜這麼說，巴哈姆特立刻將她扶起來，兩手按在她的肩膀上，微微睜大雙眼問道：「妳說什麼？遭遇不測？妳當真有祕密瞞著本龍王！」

「我也不是刻意瞞你什麼，只是……」話才說到一半，放在羅娜長褲口袋裡的手機突然震動起來，她拿出手機一看，只見上頭寫著：

「未接來電：聖王學園考試委員會」。

第七章

Scepter of Rose King

「小娜，妳現在過去的話，根本就是虐待自己身體！阿姨不準妳去！」

愛麗絲在一旁極力勸阻正在收拾東西的羅娜，看著自己的姪女身體還未康復就要出院，她整顆心都焦急不已。

羅娜裝作沒聽見一樣，她換上外出服，將擺在病床周圍的個人物品一一收進袋子裡後，便快步往病房的門口走去。

「小娜，妳有沒有聽見阿姨剛剛說的話！」眼看羅娜就要踏出病房，愛麗絲趕緊伸手拉住她。

「聽著，就算妳打斷我的腿，我用爬的都會爬去應考。」羅娜轉過身，眼神堅決篤定，不苟言笑地對愛麗絲說道。

「小娜，我當然知道妳有多渴望進入聖王學園，難道就不能跟考委會說一聲，說妳出了車禍，讓他們緩緩考試時間？」愛麗絲一時被羅娜的眼神震懾住，她不僅感受到羅娜堅定的意志，也感受到一股帶著威脅的壓迫，不由得將口氣跟身段都放軟了些。

「阿姨，妳覺得聖王學園是何等機構？我們每一位考生的狀況，他們肯定都瞭若指掌，妳以為他們會不曉得我出車禍的事嗎？」羅娜推掉阿姨抓住自己的手，「他們既然知道，卻仍特地打電話來叫我去應考，就不可能讓我找任何藉口將考試延期。」

「可是……」

「沒有可是，這就是聖王學園想給我的考驗，要知道他們收的學生都必須是特別堅忍不拔、強大且絕不輕易屈服的菁英。」羅娜握住阿姨的雙手，明明自己才是剛出車禍的那個人，手上的力道卻相當堅定，她接著說道：「我猜想，搞不好我出車禍根本不是意外，而是聖王學園……算了，這樣猜測也沒多大意義，我真正想說的是——」

將阿姨的手拉近自己，羅娜深吸一口氣，將自己想說的話一鼓作氣吐了出來，「為了追查當年我爸媽慘遭殺害的真相，不管是否能進入聖王學園，我都必須成為強大且不屈服於任何阻礙的人！」

本來就抱持著不屈不撓的決心，在遇上法哈德後，羅娜更加堅定了這個念頭。直覺告訴自己，法哈德的死亡，很可能跟當年雙親的命案有所關聯，不管法哈德是不是真凶，她都必須想盡辦法釐清這一切。

看著自己的姪女如此堅持，愛麗絲嘆了一口氣，她鬆開手，略顯疲憊地回應道：「我明白了，反正我也勸不動妳……阿姨只希望妳能答應我一件事。」

「什麼事？」

「不管妳的車禍是聖王學園刻意安排，還是真的出於意外，妳一定要記住巴爾娜娜奶奶說的預言，想辦法解決這件事才行！答應我，妳會做到！」

看著愛麗絲板著臉，語氣凝重地對她說，羅娜拍了拍對方的肩膀，臉上掛著一抹苦笑，「好，我答應妳，但相對的，妳不能再插手我關於聖王學園的任何決定。」

「妳以為我還有辦法插得了手嗎？好吧，收拾好東西就一起離開吧，至少讓阿姨叫車送妳去聖王學園。」

愛麗絲臉上露出了「拿妳沒轍」的苦笑，隨即羅娜便坐上她叫來的計程車，一路駛向聖王學園。

「平胸女，妳覺得聖王學園這時間叫妳過去是打什麼主意？」

巴哈姆特的聲音自羅娜腦海中響起，只要式神仍待在御主體內、未被召喚出來，兩者之間可以直接以心識對話。

「如果我知道的話，就可以直接入學用不著這麼麻煩了吧，你當我是神通嗎？」

「哼，講話還是跟平常一樣不客氣呢，還以為妳拖著病體會柔弱些。」

「什麼拖著病體，我覺得已經復原得差不多了，又不是多嚴重的傷。」

「別想蒙騙本龍王，我可是妳的式神，最清楚妳的身體狀態。妳當時受傷，本龍王也被波及，只是我比一般人類好得快些罷了。妳這麼急著出院，應該不單純只是因為聖王學園考委會的通知吧？」巴哈姆特冷哼一聲，反問羅娜。

「又在揣測我的心意了⋯⋯老色龍，你真是有夠變態，我懷疑你平常都在猜我今天穿了什麼胖次對吧？」

「什麼猜測，一看就知道妳今天穿的是白色小熊內褲。不對，本龍王跟妳說這個做什麼。」

「我是不是該考慮用式咒命令你挖去雙眼……」羅娜沉下臉來，對巴哈姆特充滿殺意地說道。

「與其考慮這種只有蠢蛋才會做的事，妳倒不如誠實地告訴本龍王，當時在醫院樓梯間，妳在和誰談話？」

「切……我就知道你想問這個。」心知自己躲不過，羅娜雙手一攤，將事情一五一十地告訴巴哈姆特。

聽完羅娜的陳述後，巴哈姆特沉默了一會，羅娜只能聽到他低吟沉思的嗓音，倘若現在能看到巴哈姆特的模樣，他應當正閉著眼抱胸思索吧。

「人造人，『漆黑的深淵魔王』啊……妳的仇人還真不是個簡單的人物啊。」

想起這個名字背後代表的意義，巴哈姆特不禁如此感嘆。

「漆黑的深淵魔王」是靈人圈內的傳奇，「近乎完美的人造人」本身就是一則稀世傳說，至少在法哈德出現之前，從未有如此成功的人造人，在他之後更是後繼無人。

沒有人知道當初羅娜的父親是如何將他創造出來，這個祕密也隨著四年前的慘案一同塵封於世。

看著羅娜眼簾低垂的模樣，巴哈姆特真想立刻實體化，哪怕只是輕輕地摟住她，讓她依靠在自己的肩膀上，替這小妮子提供一點慰藉和支持。

只是，他再怎樣也只是一名式神，身為式神在這個世界上有諸多限制，為了羅娜的前程，他也只能忍耐遵守命令和政府對式神的規範。

其實，跟著羅娜、成為她的式神也有一些時候了。看著她為了追查當年殺害自己父母的凶手和事件背後的真相一路跌跌撞撞，就算是平時自認鐵石心腸的巴哈姆特也不由得感到心疼。

回想一開始，雖然早已認識羅娜，但在他的前御主——也就是羅娜的父親死後，她卻因資質不夠而無法即刻成為他的御主，只能將他強行接收，無法真正訂定契約。

若要指使式神上場作戰，需要花費大量靈力，當時的羅娜光是要提供延續式神性命的靈力都相當吃力，更別提讓巴哈姆特進行戰鬥。

從長達一個月的癱瘓中醒過來後，羅娜為了他拚了命地修練，努力提升自己的力量。費盡千辛萬苦，終於能夠驅使巴哈姆特，讓他發揮平常的實力。也是大約一年前，兩人才正式簽訂契約成為御主和式神的關係。

在成為羅娜的式神後，巴哈姆特曾經問過她，為何要這麼努力，不惜耗盡心力也要讓他上場作戰？

巴哈姆特永遠都忘不了那時候羅娜回答自己的答案——

「因為早點讓你上場作戰，老色龍你就可以早些重拾信心，其實我看得出來哦，你在爸爸的事情之後變得非常自責。」

那是多麼溫暖人心的笑容。

那是多麼真摯純粹的答覆。

巴哈姆特每每想起羅娜付出了多少努力，他便有多少的心疼與不捨。

「……羅娜。」

「幹嘛突然叫得這麼噁心認真？」羅娜眉頭一皺，她很不習慣總是毒舌對待自己的巴哈姆特突然溫柔地叫喚自己。

「無論如何，有本龍王在，本龍王會代替妳的雙親好好保護著妳。」

他對羅娜是怎麼樣的感情？

是像女兒一樣嗎？

還是別的情感呢？

抑或是擁有共同目標之下的羈絆？

巴哈姆特現在不想思考這麼多，他只確信自己絕對會堅守著守護羅娜的承諾。

「你說這個幹嘛呢……」羅娜閉上雙眼，眉頭雖然蹙著，嘴角卻微微翹起，「我啊，一直都知道呀，你這個老色龍色歸色，但在這個世界上，再也沒有比你更可靠的傢伙了。」

羅娜舉手握拳，對著空氣做出拳的動作。這是她在向巴哈姆特擊拳致意，就算巴哈姆特沒有實體化也沒關係，她曉得巴哈姆特一定明白自己的意思。

因為他倆是這般互相信任著彼此。

「妳就不怕前面的司機看了頭皮發麻，以為妳在跟鬼互動？」

「哈，如果怕的話就不要偷看我在幹嘛呀。」

「妳還是一樣喜歡強詞奪理呢，平胸女。」

羅娜和巴哈姆特這樣聊著聊著，不知不覺間，車子也抵達了目的地。

「聖王學園啊……」

來來回回幾趟聖王學園，羅娜卻不曉得自己何時才能真正成為這裡的一分子。到目前為止，她對這裡都沒有任何歸屬感，每每都是戰戰兢兢、如履薄冰。

「這一次，應該是要通知我進行複試吧。」

不知道是第幾次站在聖王學園的大門前，羅娜每來一次，心情就更加平靜一些。比起其他人一路順暢地晉級，她多繞了些遠路、多受了幾次磨練，對她來說，這或許不失為一種進步的墊腳石。

「接下來將面臨怎樣的考驗呢？巴哈姆特，跟我一起期待吧。」

抬起腳步，比起上一次更為自信地跨過聖王學園的大門，羅娜面帶笑容走入學園。

迎著風，羅娜享受著這股清爽中夾帶著淡淡花香的氣息，她的髮絲也跟著風兒舞動飛揚。

在這颯爽的氛圍中，羅娜並沒有察覺到，一道散發幽暗氣息的身影，正默默地觀察著她，微微地揚起嘴角。

「收到貴校的通知，編號一百六十三號的考生羅娜前來報到！」

羅娜按照當初收到的通知，前往位於聖王學園東邊的「紫羅蘭體育館」。才剛進門，就看到身穿制服的工作人員在此等候，向她收取應考的文件資料。

「考生資料確認無誤，現在請跟我來。」

面無表情地收下羅娜的資料後，工作人員立刻轉過身逕自前進，羅娜快速跟了上去，她忍不住向對方提問：「請問待會要應考的……是複試嗎？」

「與考試內容有關的問題我們一概不予回答，請考生隨時做好應考準備即可。」就像機械一般，對方制式地冷淡應答，口氣毫無起伏。

「突然好想要有讀心術能力的式神啊……」聽到工作人員的答覆，羅娜忍不住小小聲地抱怨。

「本龍王也真想要有D罩杯以上的御主哦——」羅娜前一秒剛說完，後一秒巴哈姆特立刻毫不客氣地挖苦回應。

「閉嘴，就算我死了你也不可能找到這種御主啦！」面對巴哈姆特的嘲諷，羅娜也不甘示弱地反駁。

不過說也奇怪，本來對未知考試而有些緊張的心情，在巴哈姆特這麼一鬧之下，不自覺地鬆開了繃緊的神經。

這傢伙該不會是故意這麼說的吧？

正當羅娜這麼想時，突然聽見一道聲音從不遠處傳了過來，而且似乎離自己越來越近。

「娜──娜──醬──」

「咦?這個聲音還有這種叫法，難道是……」

羅娜還努力地在腦袋裡翻箱倒櫃找尋記憶時，對方已經衝到她面前大聲喊道：「是我啊，蔣洌！」

少年興高采烈地跑到羅娜跟前，開心地指著自己的臉，大張著彷彿藏著星子的閃亮雙眼。

「啊……對，我想起來了，你是之前那個假裝被不良少年綁架的傢伙吧？」

撓了撓後腦勺，羅娜終於想起眼前的這張臉。雖然對方稱呼她為「娜娜醬」，但想起當時自己的真性情早已暴露，便沒有刻意佯裝成偶像的模樣。

「好高興，看來娜娜醬沒有忘記我呢！」蔣冽似乎相當高興，雙眼笑成一條細線，羅娜真不明白這到底有什麼好興奮的。

「真是幸運，又能和娜娜醬一起行動啦！」

「一起行動？你在說什麼啊，該不會又想配合考委會對我進行測試了吧？」有了上次的前車之鑑，羅娜現在一點都不信任這個蔣冽。

「咦，才、才不是呢！這次是真的要跟娜娜醬一起應考！」被羅娜這麼誤會，蔣冽有些尷尬地搔頭否認。

「這麼恰巧又跟你一起應考？算了，這不重要，我問你，你知道這次考試的內容是什麼嗎？複試？還是又是一場額外的考驗？」

「這個……我也不是很清楚吶……不過，我一路下來都沒有被淘汰過，也沒有參加過淘汰賽，所以這應該是進入最終階段前的複試。而且是目前為止，所有碩果僅存的考生一起參與！」蔣冽握緊拳頭，一副自己的猜測肯定沒錯的神情。

羅娜忍不住用狐疑的眼神看著他，並非不相信蔣冽的推測，而是她一直困惑著一件事：蔣冽這傢伙明明看起來弱不禁風，也沒看他戰鬥過，居然一路順風順水地打進複試？

她連這傢伙的式神都沒看過，他到底是如何進入複試的？

「那個……娜娜醬，妳這樣一直盯著我的臉看，我會不好意思耶……怎、怎麼了嗎？難道我剛剛說的不對嗎……」蔣冽有些害臊地低下頭，閃避羅娜的視線，又時不時偷偷抬起眼來瞧一下對方。

「不，你說得很好，我只是在慚愧自己的不足而已。」羅娜搖了搖頭，同時用心識對話的方式對巴哈姆特下令，「巴哈姆特，幫我盯緊蔣冽這傢伙……至今還未看過他的式神與靈力表現，我有點在意。你的動態視力比我好，之後應該有機會看見他召喚式神，幫我再盯緊一些，我總覺得這傢伙藏著什麼祕密……」

「嗯，不用妳吩咐，本龍王也會盯緊這小子。不過，要是到頭來，真的只是妳技不如人，那就要自己檢討一下了！」

「如果說我技不如人，那某人不是更該檢討？某人可是我的式神啊，還自稱是『強大的龍王』，如果連一個文弱的傢伙都打不贏，那到底是誰的問題呢？」羅娜毫不客氣地回嘴。

「是是是，本龍王就是敵不過妳這張嘴，真該找個機會好好教訓一下妳的小嘴，強硬地塞點什麼才對……」

「老色龍，為什麼這句話從你嘴裡吐出來，聽起來怪變態的？」羅娜眉頭一皺，實在難以理解巴哈姆特那張可惡的嘴。

「嗯，沒有為什麼，因為本龍王想講的就是那種意思，哈哈哈！」

「你真是夠了！老色龍，給我專心在這場考試上啦！」

要不是有蔣洌在旁邊，羅娜大概會氣得跺腳吧。只是說也奇怪，她觀察四周，他們就像走在幽暗的洞穴中，隱約看得出這裡空間很大，卻沒有其他照明燈光，只有前方引路的工作人員拿著的手電筒，以及地面和兩旁欄杆的反光裝置……

怎麼想都覺得很奇怪。

「蔣洌，你不覺得這場地很暗嗎？你剛剛是如何發現我的？」羅娜將問題拋給跟她並肩而行的蔣洌。

「真的滿暗的……聖王學園的考委會時常會出奇招，也不曉得他們這次又想搞什麼。至於我是怎麼發現娜娜醬的，算是巧合吧！」蔣冽笑笑地對著羅娜接續說道：「因為我報到的時候，剛好聽到工作人員在確認娜娜醬的名字跟資料嘛！嘿嘿，我真是太幸運了！」

看著蔣冽笑得如此開心，羅娜忍不住喃喃吐槽，「如果真是這樣，連你一路打進複試都是靠著幸運的話，某種層面上來說，你也挺可怕的啊……」

「嗯？娜娜醬覺得我哪裡可怕？」歪著頭，蔣冽一臉納悶地問羅娜。

「就像現在，一臉天真地問我哪裡可怕的這點，也頗可怕的。」羅娜板著臉孔，回答蔣冽的問題。

她認真覺得，這個蔣冽若不是非常厲害，就是笨得無可救藥。總之現在她只能靜觀其變，目前來看，蔣冽應當不會有什麼威脅才是，她該專注的，是聖王學園未知的考驗。

此時，走在羅娜與蔣冽前方的工作人員突然停下腳步，他站在一扇白色的電動門前，轉過頭來對著兩名考生道：「做好準備了嗎？編號一百六十三號考生跟編號十六號考生。」

「不管是什麼等在前頭，我都準備好了！」羅娜率先回答，語氣堅定有力。

「我、我也是！只要娜娜醬在旁邊，我就可以應對所有難關！」蔣冽雖然慢了半拍，但他注視著羅娜的側臉，眼底映入她堅毅的神情後，也認真地答覆工作人員。

「既然如此，兩位考生請進入這扇門——測驗，即將開始。」

伴隨這句話，工作人員按下開關，電動門在眾人面前應聲開啟。一道刺眼的強光直射進羅娜與蔣冽眼中，讓他倆一時間難以直視前方。除此之外，各種熱鬧吵雜的聲音也傳進耳朵，四周人聲鼎沸，好似在舉辦盛會一般。

在蔣冽因強光而止步之際，羅娜已經微微睜開雙眼，一手擋著強光，一邊邁開步伐！

剛從門內走出來的羅娜，還沒看清楚眼前的景物，就聽到透過擴音器傳來的叫喊：「現在登場的是，編號一百六十三號的考生，以甜美可愛的偶像形象掙得不少人氣的娜娜醬——羅娜！讓我們給予她熱烈的掌聲！」

隨之而來的是如雷的掌聲和歡呼聲，以及彷彿要貫穿耳膜的尖叫聲。

「這到底是怎麼回事……」好不容易適應了強光，羅娜對眼前的一切感到無比訝異。

「哎呀，緊跟著娜娜醬進場的是，編號十六號，平凡無奇卻幸運出奇的考生——蔣冽，也請觀眾同樣給他掌聲鼓勵！」

在蔣冽跟著羅娜的腳步進入考場後，擴音器再度傳來主持人響亮的聲音。

「天啊，這裡怎會有這麼多人？」蔣冽驚呼著，一手舉至嘴前，可以說差點嚇到吃手手了。

「你問我，我也想知道答案啊……」

羅娜環望四周，不敢輕舉妄動，透過觀察，她發現自己似乎身處在體育館中央，四周都是在高架平臺上圍觀的群眾，與其說是體育館，這裡給她的感覺更像是……

「平胸女，妳就像在羅馬競技場裡被獻祭的戰士呢。」巴哈姆特一語道破。

「說得好像我是被迫的一樣，你可別忘了是我們自願要上場的。」羅娜一邊觀察四周，一邊透過心識對話對巴哈姆特繼續說道：「現在的重點是，待會究竟要我們做什麼……我有種不太好的預感。」

「不只是妳，本龍王難得跟妳有一樣的感覺呢。」巴哈姆特嚴肅的聲音也跟著壓低。羅娜聽了回應道：「連身為龍王的你都這麼說了，看來八九不離十……巴哈姆特，無論如何我們都要做好心理準備。」

第八章

Scepter of Rose King

「這還用得著妳說嗎？只要有本龍王在，就會守著當初對妳的諾言，保護陪同著妳戰鬥到最後一刻。」

「我把你說過的話原封不動還給你——這還用得著你說嗎？」羅娜嘴角揚起一抹微笑，打從巴哈姆特成為自己的式神那一刻起，她便一直堅信著，她知道巴哈姆特絕對會效忠自己直到最後。

那是一種奇怪的直覺。當她第一次看到巴哈姆特鮮紅妖豔的雙眼時，這種直覺便強烈地刻印在她的腦海中。一如她的信念，兩人搭檔到現在，巴哈姆特仍堅守著他當年的誓言。

羅娜一直相信著，相信自己和巴哈姆特的羈絆與別人不同。別的御主和式神是相互利用的關係，但她和巴哈姆特絕對不是。

就算她的戰鬥力不一定能贏過其他考生，但與式神的默契和羈絆一定會讓他們戰無不勝、勇往直前！

「娜娜醬……看樣子，在旁邊當觀眾的那些人，除了一般受邀進場的民眾外，也有其他進入複試的考生……唔！」蔣洌轉過頭小小聲地提醒羅娜，說到一半，他的目光忽然被某樣事物抓住，發出驚訝的聲音。

羅娜順著蔣冽的視線看去，她的瞳孔也同樣微微收縮，詫異地喃喃自語：「想不到連那傢伙也來了……！」

「是目前考生排行榜第一名的賽菲！他他他……他怎麼也來觀戰了！」蔣冽忍不住驚呼出聲，兩眼睜得又圓又大，他和羅娜的目光都集中在體育館角落的銀髮少年身上。這位名叫「賽菲」的少年雙手抱胸，眼神凜冽地盯著他倆。

不知是不是羅娜的錯覺，她總覺得賽菲的目光更多是落在自己身上，而非身旁的蔣冽。

「那個叫賽菲的小子，真有那麼厲害？」巴哈姆特的聲音從羅娜腦海裡傳了出來，語帶質疑。

「從入學考試開始到現在，都穩拿第一名的人，你說他厲不厲害？」

「嗯……是有幾把刷子，但平胸女妳可別妄自菲薄喔。」

「我有瞧不起自己嗎？只是沒想到他竟會過來觀賽……哈，如果他不是喜歡偶像形象的我，就代表我的實力獲得了他的認同！」接收到賽菲意圖不明的視線，羅娜擅自將之判定為一種敵意和認可。此刻，她感到十分熱血沸騰，即便接下來將面對困難的挑戰，她都有自信可以一一破解！

正當羅娜這麼想時，原先籠罩全場的白熱燈光霎時暗下，取而代之的是一束強光打在她和蔣冽身上，緊接著便聽到主持人的聲音透過擴音器傳了出來。

「各位，現場的觀眾、參賽的兩位考生，以及評審委員們大家好！啊，當然還有正在線上收看我們直播的朋友們！我是今日這場聖王學園第三場複試的主持人——班傑明！還請多多指教！」

這位自稱「班傑明」的男性主持人只聞其聲、不見其人，從音色聽來，頗為俊俏有活力，正是適合主持這場考試的人選。不過比起主持人的聲音好不好聽或現場有多少觀眾圍觀，羅娜更想快點知道考試的內容。

現在她至少確定了一件事，就是這場考試確實是她心心念念的複試無誤！

只要通過這一關，就能打進最後的決賽！

這麼一想，距離成為聖王學園的一分子也不遠了！

「這次的複試，聖王學園考委會為了公平公正地選出能力最優秀且最受矚目的考生，除了同樣採取直播外，也會結合線上票選的活動！」班傑明一邊說明，兩旁的觀眾席上空赫然出現兩面大型投影螢幕，畫面正播放著被動態攝影機捕捉到的兩名考生。

羅娜一注意到鏡頭正拍攝著自己，立刻「偶像包袱」上身，堆出滿臉燦爛的笑容，頻頻對鏡頭拋媚眼、裝可愛。

雖然巴哈姆特在她腦海裡發出作嘔的聲音，羅娜仍不以為意地繼續對著觀眾擠眉弄眼。誰教她一開始將自己定位成偶像，雖然人氣不算特別高，但至少拐到了像蔣洌這樣的死忠粉絲……為了能進入聖王學園，就算要她不要臉也可以！

「哎呀，我們的娜娜醬真不愧是偶像，已經開始對鏡頭前的各位放電了呢！」班傑明接續道：「反觀我們的蔣洌同學，還是一如既往啊，每每看到他上場考試都是一臉緊張呢！」

「蔣洌，用不著害怕，我們一起面對考試，有什麼問題我會罩你的。」羅娜一邊維持笑容，一邊小聲地對旁邊不時吞嚥口水的蔣洌說道。

「真、真的嗎……娜娜醬真的願意罩我？」

「都跟你這樣說了，難道還會假嗎？快振作起來！」在蔣冽擔心地詢問她後，羅娜毫不猶豫地回應。

「太、太好了，有娜娜醬這一句話就夠了……我、我會努力的！」

「哈，這才對嘛。」

眼看蔣冽終於提起勇氣，羅娜也露出真正的微笑，這時，班傑明又開始說話，「現在大家都看到體育館上空兩面大螢幕了對吧？螢幕底下有一排統計欄，分成藍色跟紅色兩個區塊，藍色代表蔣冽，紅色代表娜娜醬，在考試開始後會同時計算兩位的人氣票數！」

隨著班傑明的講解，觀眾們都聚焦在螢幕上，就連臺上的羅娜和蔣冽也一起抬頭觀看。

一藍一紅的色塊映入眼簾，只是目前兩人的票數都顯示為「0」，似乎還沒開始進行投票。

正當羅娜心急著究竟要他們做什麼時，班傑明便說明了關於投票的內容，「現場的觀眾以及正在收看直播的朋友都擁有投票權，在考試開始後，可以隨時投下您神聖的一票，選擇您想支持進入聖王學園的學生！」

此話一出，現場出現一陣不小的喧鬧，觀眾似乎都興味盎然地議論著到底要投票給誰。

聽到這裡，羅娜嚥下一口口水，總覺得情況好像不太妙啊。

過去雖然早有直播配合投票的先例，但通常是針對個人表現進行投票，從沒出現兩個人同時進行票選的狀況，這麼一來無非是要讓兩人互相瓜分票數吧？

如果她沒猜錯，主辦單位這麼做的原因……

「最後，我們來宣布這次的比賽規則跟機制吧！」班傑明的聲音再次透過麥克風傳來，此話一出，臺上的羅娜和蔣冽立刻繃緊神經、屏息以待。

「此次複試的內容就是——讓兩位考生在這座擂臺上分出高下！」

公告規則一出，羅娜倒抽一口氣，果然應驗了她心中的猜測！

這一次，果真是要她和蔣冽競爭！

「怎、怎麼會……怎麼可以這樣……我不想跟娜娜醬對打啊……」蔣冽一臉無措、臉色刷白，聲音也微微地顫抖。他愣愣地轉過頭來，眼神徬徨無助地望向羅娜，用微弱的音量說道：「怎麼辦……娜娜醬……我們該怎麼辦才好？」

「還能怎麼辦，你我可都是考生啊，只能聽從考委會的規則……」羅娜眉頭深鎖，雖然她早一步料到這樣的結果，可心裡也沒好受到哪去。

她能夠理解聖王學園這麼做的理由。這不僅僅是為了考驗他倆的實戰能力，也是為了測驗他們的心理素質，逼迫他們做出抉擇。

兩人取其一的考試規則，必然有一人會被淘汰，不管是誰被刷下去，羅娜的心裡肯定都不是滋味。

只是話說回來……

假使認真戰鬥起來，她還真不知道蔣冽式神的能耐，更不曉得蔣冽的實力到底如何？

不，應該不會有問題才是！

蔣冽可是給人一種弱不禁風的感覺啊……剛剛就連主持人也說了，蔣冽一路晉級，靠得是運氣而非實力……

如果僅僅只是幸運的話，她就用不著煩惱了！

比賽可不是每一次都能那麼幸運的！

「聽從考委會的規則嗎……」此時，蔣冽垂下頭來，瀏海的陰影遮蔽了他的雙眼。羅娜看到蔣冽這種反應，胸口不禁有些鬱悶，她正想安撫對方時，主持人又插話道：「考試的規則，是兩人在擂臺上以彼此的靈力和式神進行一對一的戰鬥，只要其中一人認輸或失去意識即比賽結束。除此之外，若是選手超出擂臺的範圍也同樣失去比賽資格！」

宣布完比賽規則後，羅娜心中已有了底。

同時，巴哈姆特也馬上提醒她，「羅娜，我知道妳在想什麼，妳可不能心軟。」

「我明白，我非常清楚能走到這一步已屬不易，我不會放水的。」羅娜雖是這樣回應巴哈姆特，但看著面前一臉緊張、沉著臉不說話的蔣冽，她的內心多少仍有些不安。

「現在——聖王學園第三場分組複試，開始！」

在主持人大聲宣布下，現場響起震耳欲聾的掌聲與歡呼聲，在擂臺上的兩人卻沒發出任何聲音，一時間像石化般毫無動靜。

斗大的汗珠自羅娜的額前緩緩流下，順著臉部的弧度滑落至下巴。她在等待，等待著蔣冽的反應。她之所以毫無動作，一方面是堅持「敵不動我不動」的原則，等待對方露出破綻的時機；另一方面，則是猶豫著到底該不該對蔣冽動手……

更何況，她也不曉得蔣冽的能力，即便覺得對方的實力應該不怎麼強大，羅娜也盡可能小心為上。每吸一口氣都更加深了這種莫名的緊張感，羅娜越等越心急，這時蔣冽終於開口了。

「吶……娜娜醬……」蔣冽慢慢地抬起頭來，「我說……妳剛剛說過會罩我的那句話……還算數嗎？」

「這……」被問得啞口無言，羅娜一時間口乾舌燥，顯然被自己說過的話給狠狠打臉了。當然，她在說那句話時，是發自真心不假，如果是一起合作應對考試，她絕對會兌現自己的承諾！

只是現在的情況……她還真不知道該怎麼回答蔣冽。

「看來是不行呢……沒關係的，娜娜醬，我完全可以諒解哦……」蔣冽再度垂下頭來，聲音壓得很低很低，幾乎讓羅娜無法聽清楚。

「蔣冽，我——」

「都說沒關係了，羅娜。」這回蔣冽直接打斷了羅娜想說的話，當他再次抬起頭時，臉上已經掛上一張出乎羅娜意料的笑臉。

「蔣冽……？」羅娜的瞳孔微微收縮，訝然地注視著前方面帶詭異笑容的蔣冽。

她沒想過，之前那個文文弱弱、被綁架時還哭哭啼啼、口口聲聲開心地喊著「娜娜醬」的蔣冽……竟會露出這麼陰冷、使人頭皮發麻的笑容！

「其實，我沒想這麼早讓妳知道的，只是迫不得已，為了要進入聖王學園……而且是面對妳，即便妳曾經接近淘汰邊緣，式神等級也只有區區R級？還是SR級？嘛，這不重要。」

「蔣冽，你到底在說些什麼……？」眼前的蔣冽似乎變得有些不太一樣，羅娜不解地蹙眉問道。

「平胸女，小心一點，這傢伙不太對勁！」巴哈姆特出聲警告羅娜，他身為龍王的直覺強烈地感受到蔣冽散發出一股殺意。

「實際上……這場比賽妳才是吃虧的那一方哦，羅娜。」蔣冽笑咪咪地看著羅娜，不久前害怕的表情早已消失無蹤。

「你這什麼意思？」羅娜的眉頭鎖得更深了，並用狐疑的眼神看向蔣冽。

「妳還沒意識到嗎？其實妳根本沒看過我之前的考試吧？」

蔣冽此話一出，羅娜的胸口彷彿被重搥了一下，咚的一聲，餘音迴盪在她的腦海中。

完全被這傢伙給說中了啊……羅娜嚥下一口口水，她忽然覺得眼前的蔣冽變得無比危險，或許遠比自己之前所想的還要更加可怕。

從入學考試開始到現在，因為不想被其他考生的表現影響，羅娜向來不太會去觀看其他考生的直播或現場賽事。羅娜也從沒想過會有必須跟蔣冽對戰的一天，由於蔣冽先前給她一種文弱的形象，好像連自保的能力都沒有，使她一直無法將對方看成是自己的對手。

「是我之前太小看你……太大意了……」羅娜咬著牙關擠出這句話，即便如此，現在懊悔也來不及了。確實如蔣冽所說，她對蔣冽一無所知，就連蔣冽的式神都沒見過，實在過於輕忽。

「沒錯，但這也不怪妳，因為我們都沒想到會有需要彼此競爭的一天……況且，我本來就斷定妳根本不會調查我的事，所以才能放心地進行這場戰鬥。」蔣冽聳了一下肩膀，臉上充滿自信的微笑，散發出來的氣勢也不再柔弱，而是得意高傲的氣焰。

「所以……這一切你早就算計好了？」羅娜眨了眨眼，雖然心裡早有了答案，她仍想聽蔣冽親口說出來。

「兵不厭詐——誰教我們是聖王學園的考生呢？不過，我喜歡娜娜醬這件事是真心不騙哦。」蔣冽瞇起眼睛對著羅娜燦爛一笑，一瞬間好似又回到平時羅娜認識的他。

「哈，好一句兵不厭詐呢……蔣冽，我算是重新認識你了。」羅娜垂下頭，瀏海的陰影覆蓋住她的雙眸，「既然如此，那麼我就用你最喜歡的『娜娜醬』的身分——」羅娜抬起頭來，目光炯然，她一手扠腰，另一手指向對方，朝蔣冽做出開槍的手勢自信說道：「打倒你！」

話音一落，羅娜嘴角揚著閃耀的笑容。

「哦哦出來了！娜娜醬的招牌手勢！這次果然將她的正義之槍射向蔣冽了！」

主持人的聲音再度傳來，盡責地進行現場實況報導，播臺上的燈光也同步集中在羅娜身上。一見到攝影鏡頭和燈光都聚集在自己身上，羅娜當然不會放過這個機會，立刻對著鏡頭前的觀眾們眨了眨眼，露出甜美的笑容，不久前和蔣冽對峙的緊張感全都消散殆盡。

「哈哈，不錯嘛，這樣才是我喜歡的娜娜醬。來吧，讓我見識一下娜娜醬的厲害吧！」蔣冽一彈指，剎那間周圍發生了奇異的變化，他整個人被熾烈的銀色光芒團團包圍！

「那傢伙怎麼發光了啊？」看到眼前這一幕，羅娜都傻眼了，蔣冽現在這個狀態……儼然就是動畫裡即將變身的人物啊！

羅娜萬萬沒想到，這個連自己都覺得荒唐的念頭竟然成真了。在包圍蔣冽的光芒漸漸褪去之後，眼前的人……讓她不由得震驚了。

蔣冽的外表有了驚人的變化，他後腦勺束起一條金色馬尾，眼眸依然是翡翠般的綠色，但衣著卻換成一套黑色緊身衣，使身體曲線更加明顯。

對羅娜來說，最不可思議的，是蔣冽頭上長出一對毛茸茸的獸耳，和身後多了一條像是狼的尾巴，正不斷興奮地上下搖擺！

「這這這……這是怎麼一回事啊！」羅娜幾乎要懷疑自己的眼睛是不是出了問題，蔣冽怎麼突然變成獸人了？

難道說……！

「哎呀，被擺了一道呢，平胸女。」巴哈姆特的聲音出現在羅娜腦中，羅娜沒有立即作出回應，眼前的蔣冽讓她不得不集中注意應對。

這個蔣冽，若她沒猜錯的話——

「蔣冽同學一上場就顯現出真實模樣了嗎！看來這次可以好好期待……」

「喂，主持人，現在開始我就不叫『蔣冽』了，你可要給我好好重新介紹一次啊。」甩了甩亮麗的金色馬尾，一對毛茸茸的獸耳動了動，肥碩漂亮的狼尾也持續上下擺動，他高傲地加大音量對著主持人喊道，強硬地打斷班傑明的話。

「咳咳，讓、讓我重新介紹一次……各位，現在在場上編號十六號的考生，正是來自影狼族的後裔——星滅！」

透過麥克風，主持人的聲音嘹亮地響徹雲霄，字字句句聽在羅娜耳中如震撼彈般，在她心底炸出一朵又黑又濃的蕈菇狀煙霧。

影狼族的後代竟真的存在於這個世上？

關於影狼族的傳說，羅娜以前只從巴爾娜娜奶奶那聽說過，在靈人的圈子裡，很早就流傳著這個族群的故事。

影狼族就是過去電影裡時常提及的「狼人」，從中古世紀便一直存在著。只是由於身分特殊，所以過著隱姓埋名的生活，避免引來不必要的麻煩和殺機。直到這個世代，過去同樣被視為異端的靈人終於得以平等地活躍於世，加上有越來越多靈人位居要職，影狼族的後裔才開始漸漸出現在世人眼前。

只是關於影狼族，羅娜只聽過傳聞，沒親眼見過……沒想到這支罕見種族的後裔一直都在自己身邊。但蔣洌……不，應該叫他星滅，在見識過他的喬裝能力後，羅娜便明白，影狼族之所以可以隱身於世這麼久，不是沒有有原因的。

「這小子還真不簡單吶，又是影狼族又有靈力，平胸女，妳這次可別大意了，明白嗎？」

「我當然明白，有了前車之鑑，我可不會再重蹈覆轍。」羅娜下意識握緊拳頭，對付這來頭不小的對手，恐怕得拿出全力了。

「哦呀？這個眼神不錯呢，不愧是我看上的女人吶！哈哈哈！」星滅一手扠著腰，一手狂妄地直指羅娜，揚起略帶瘋狂的笑容。

「蔣洌……不，星滅，無論之前如何，現在讓我們放手一搏吧！」

羅娜自知只要站上擂臺就沒有退路，唯有奪得通往最終決賽的門票，不然就只能被徹底淘汰，斷了進入聖王學園的夢想。

雖然不曉得星滅是怎麼想，又為了何種理由而戰，但羅娜很清楚，自己絕對不能退讓。

「對對！就是這種氣勢！娜娜醬實在是……太可愛了！惹得我現在就想將妳打倒在地，享受把妳壓在身下的愉悅和優越感吶！」星滅伸出緋舌往自己的上唇及皓齒舔了一下，兩頰微微醺紅，對著羅娜露出興奮不已的表情。

「原來這傢伙真的是個變態啊？」巴哈姆特嫌惡的聲音自羅娜腦海中響起。

「我也沒想到……不過感覺那些喜歡我的宅男們也很多這種類型……」想起之前曾在直播上看到的粉絲留言，羅娜突然從胃袋深處湧上一股噁心。若非為了人氣，她也不會一直維持這種假象，要扮演可愛又迷人的「娜娜醬」實在太辛苦了。

「出來吧，式神召喚——龍王巴哈姆特！」

與此同時，羅娜搶先一步召喚出式神，面對星滅她不想退讓，但想將彼此的傷害減到最低，速戰速決便是最好的辦法！

第九章

Scepter of Rose King

「出來啦！娜娜醬的式神，R級的龍王——巴哈姆特！」主持人的聲音再度響徹整個會場，雖然看不到他的模樣，但待在後臺的他仍繼續賣力地介紹，「龍王巴哈姆特，等級評定雖為R級，但真正實力卻是SR級的實力派式神！根據本人得到的小道消息，在跟隨現任御主之前，我們這位龍王曾經是SR……不對，是達到SSR等級的超強式神！」

班傑明的爆料讓現場觀眾發出熱烈的驚呼聲。

「沒想到這主持人對本龍王這麼感興趣，連這點八卦都挖出來了呢。」在羅娜的召喚下，巴哈姆特憑空現身擂臺。

亮麗的銀色長髮如瀑布般自他身後傾洩而下，一對攝魂的赤紅色眼眸散發出邪氣的光芒，英俊的五官搭配尖銳的銀黑色龍麟雙耳，高大精壯的霸氣身形盡顯囂張氣焰。一身哥德風格的黑色服裝和暗紅披風則十分帥氣迷人，敞開的胸膛上更是紋著性感的青色龍紋刺青。

羅娜知道，巴哈姆特帥氣又霸道的外形無形中為他倆增添不少女性粉絲。說實在，若她只是個旁觀的路人，或多或少也會被巴哈姆特這種充滿魔幻色彩又富有魅力的形象吸引。託巴哈姆特的福，本來只有宅男粉絲的娜娜醬，也有了少數被巴哈姆特迷住的少女迷妹。

關於巴哈姆特的八卦，羅娜當然知道原因，可是事情的真相對她和巴哈姆特來說，都是不堪回首的往事。

現在比賽即將開始，她一點也不想回憶起那件事，進而影響到她和巴哈姆特的心緒。

「這麼心急，連式神都搶在我之前叫出來了呢……該不會害怕我吧？想讓妳家的龍王大大保護自己？啊哈、啊哈哈哈哈！」星滅完全不把巴哈姆特和主持人的介紹放在眼裡，持續亢奮地拍打著粗獷的狼尾。

看著星滅這副模樣，羅娜眉頭一皺，不想再多言，以免節外生枝。她已經亮出自己的式神，這無非是向星滅下了戰帖，現在就等對方接招了！

「不說話就代表默認囉？也好，是該回敬妳一下了……出來吧，式神召喚——緋色戰狼！」一聲響指，星滅瞬間召喚出他的從屬式神，同時羅娜與巴哈姆特也緊緊盯著他的動作，絲毫不敢大意！

「終於出來了……星滅的式神！」羅娜深吸一口氣，直覺告訴自己，這很可能是一場棘手的比賽！

「登登登……登場了！星滅的式神，是R級的非人形式神『緋色戰狼』！」班傑明再度拿起麥克風對著全場觀眾大吼，「緋色戰狼是目前應屆考生的R級式神中，攻擊力最強且速度最快的式神！星滅能一路順風順水地晉級，不僅是因為他的幸運，他的式神『緋色戰狼』也是一大原因！緋色戰狼的凶猛敏捷，以及絕不留情、充滿狠勁的戰鬥風格，不知道娜娜醬和她的式神能否應付得了呢！」

「凶猛和絕不留情啊……看來這陣子我真的太不認真收集情報了……」羅娜再次深吸一口氣，星滅式神的資訊她是第一次得知，想想真是有些慚愧。只是此刻懊悔也來不及了，如今她要做的，就是好好面對接下來戰鬥！

「放心，就由本龍王來替妳承擔傷害、阻擋危險吧！」巴哈姆特將手放在羅娜的肩膀上。即使只是輕輕一放，羅娜卻覺得有一股沉甸甸力量傳進自己體內。

「雙方都亮出了自己的式神，這場由『娜娜醬』對上『星滅』的比賽——正式開始！」

「巴哈姆特，黑色龍捲！」羅娜手勢一抬，第一時間發動攻擊，巴哈姆特立刻朝星滅發動招式。

「這招我看過呢！啊啊，可以這麼近距離欣賞娜娜醬的英姿真是太棒了！既然如此……」看到巴哈姆特朝自己發動攻擊，星滅當下想的並非如何閃避或反擊，而是陶醉似地看著羅娜。

「緋色戰狼，直驅上前！」

沒有使用任何招式，反而叫自己的式神直衝上前、迎接攻擊，星滅的這一舉動頓時讓羅娜傻了眼。

羅娜的腦海裡只跳出一個念頭：這傢伙是瘋了嗎？

居然不閃避也不出招防禦，這是命令自己的式神送死嗎！

「這傢伙的腦袋到底在想什麼……！」

眼睜睜看著狂風形成的黑色風龍嘴巴張開，露出尖銳獠牙，準備一口吞噬向前狂奔的緋色戰狼之際，羅娜聽見星滅發出一聲短促卻充滿嘲弄的笑聲。

「他剛剛……笑了？」羅娜愣了一下，她以為自己聽錯了，可是隨著下一秒局勢猛然改變，她總算明白星滅嗤笑的意思。

「哎呀！緋色戰狼竟一掌將黑色龍捲徹底揮散消滅了！」

方才那一瞬間，羅娜睜大雙眼，難以置信地看著巴哈姆特施放的黑色龍捲眨眼就被緋色戰狼用爪子揮散！

實力這般強大的式神她還是第一次在入學考試上遇到！

不僅羅娜感到難以置信，連發出黑色龍捲的巴哈姆特也略顯吃驚。

雖然不是沒看過可以一夕間消滅黑色龍捲的人，過去跟隨著前御主的時候，由於當時的級別還是ＳＳＲ，能夠交手的式神與敵人也就更加厲害，可以將自己招式化解的大有人在。

只是……明明緋色戰狼是Ｒ級式神，居然和ＳＲ甚至ＳＳＲ等級的式神有著相等的實力？

「這個非人形的式神……本龍王先前真是太低估牠了呢。」巴哈姆特眉頭蹙起，眼神銳利地盯向前方那頭氣焰和御主一樣囂張狂妄的紅色巨狼。

將黑色龍捲瞬間消滅後，緋色戰狼再度回到自家御主身邊，彷彿鎮壓守護的石獅子般，只不過緋色戰狼的模樣更加威風凜凜，也更具危險性。

「讓娜娜醬先發制人……算是我給親愛的娜娜醬一點福利。既然沒辦法傷我分毫，禮尚往來，該換我出手了！」星滅舉起手，對著自家式神下令，「緋色戰狼，零式！」

話音一落，在星滅身邊的緋色戰狼立刻仰頭發出狼嚎！

震耳的狼嚎使現場觀眾面露痛苦地遮住雙耳，只有位居考生排行榜第一的賽菲仍不為所動，面無表情地繼續觀戰。

這一邊，羅娜雖然覺得狼嚎有些刺耳，但還不至於難以忍受。何況這場比賽才剛開始而已，她說什麼都不願意在對手面前露出一絲動搖或破綻！

在令人震懾的狼嚎之後，緋色戰狼彎屈前膝，下一秒便冷不防地朝羅娜和巴哈姆特快速襲來！

「快退後！」巴哈姆特一把推開羅娜，挺身擋在前方！

被巴哈姆特推到身後，羅娜看見自家式神用力地甩了一下身上的紅色披風，將其護在身前。剎那間，紅色披風迅速地「長」出一片片像是鱗片般的堅硬物體，隱隱約約透著光亮。

「紅龍之逆鱗披風！」巴哈姆特此話一出，同樣沒有選擇逃避，而是直接承受緋色戰狼的攻擊！

當所有觀眾睜大雙眼，眼看緋色戰狼就要將巴哈姆特生吞活剝之際——

「啊啊啊！穿過去了！緋色戰狼穿過去了！」主持人激動地叫喊著，麥克風發出高分貝的刺耳聲音，但現場無人在意，因為他們都被眼前一幕所震驚。

方才，現場無數眼睛都看到緋色戰狼在衝撞巴哈姆特的剎那，整頭狼像是通過了什麼透明的傳送門般，一瞬間就移動到距離巴哈姆特有些遠的位置！

「剛剛那是怎麼一回事？」

「緋色戰狼不是穿過那件披風了嗎？可是披風看起來毫髮無傷啊！」

「那件紅龍之什麼的披風……該不會是異次元空間吧！」

現場群眾議論紛紛，站在羅娜對面的星滅則是臉色一沉，似乎有些難看不悅。

這回羅娜終於站出來說話，「因為吃了癟，所以表情變難看了嗎？」

她的嘴角微微揚起，之所以面露得意，是由於剛剛巴哈姆特使出的招式，正是他的拿手絕活之一。

凡是碰到那長出龍鱗的披風，都會在一瞬間被轉移到其他地方！

巴哈姆特曾說過，被他施予龍鱗的披風擁有一種近似異次元空間的能力，可以瞬間移動碰到的物體。

只不過這神奇的能力仍有一點美中不足的地方，即是一天之內僅可使用三次。只要超過三次，披風就無法再長出龍鱗，當然也就沒辦法進行瞬間移動。因此，每次戰鬥羅娜和巴哈姆特都會小心地衡量使用，只是過去遇到的敵人都不太棘手，從沒遇過超過使用次數的問題。

「哼，說什麼傻話呢……娜娜醬妳果然還不明白啊……」

「你想說什麼就直接說清楚嘛，不講明白人家可是聽不懂呢！」雖然星滅早就看透她的本性，但為了維持娜娜醬的形象，也為了現場那一雙雙盯著自己的眼睛和人氣票選，羅娜仍刻意地裝起可愛，賣萌賣萌。

「哦哦，我可愛的娜娜醬啊……居然用如此萌的口吻和我說話……看在妳這麼可愛的分上，我再提醒妳一件事好了。」

星滅掃去了臉上的陰沉，咧嘴微笑，他一手扠腰，一手摸了摸再次回到自己身邊的緋色戰狼，順著戰狼那宛如火焰燃燒的皮毛，笑著道：「娜娜醬知道我是妳的忠實粉絲吧？」

「是人家的忠實粉絲又如何？你就只會欺負我！」羅娜生氣地鼓起雙頰，雖說是刻意佯裝，實際上她心裡確實也不太高興。誰叫星滅這小子之前以『蔣冽』的身分接近自己，還隱藏得這麼好，光是想想就令她燃起一肚子怒火。

「怎麼會是我欺負妳呢？我只是很喜歡妳，太喜歡妳了，所以娜娜醬所有的一切我都知道得清清楚楚哦！」星滅語帶曖昧地對羅娜說道，嘴角的微笑讓羅娜看得拳頭很癢。

「你這變態，該不會也知道人家今天穿了什麼胖次吧！」看準攝影機正對著自己，羅娜故作嬌羞耍笨地指著星滅說道。

在一旁的巴哈姆特不由得一臉汗顏。

為了搏版面、搏人氣，他家御主還真是恥度全開啊……不過星滅那傢伙也真是夠變態，徹徹底底執著著他家御主。

「呵呵，娜娜醬這麼可愛，一定是穿粉紅色小熊圖案胖次啊！這可難不倒我這個『娜娜醬粉絲後援會』會長呢！」

「唔！你你你……你這不知廉恥的大變態！」

這當然是騙人的——

羅娜怎麼可能穿那種令她作嘔的可愛胖次呢？

她最愛穿的是藍白條紋四角款式好嗎？那樣多透氣、多舒服啊！

只是嘛……既然星滅都不要臉地說出口，加上粉紅小熊的確比較符合娜娜醬的設定，她便假裝生氣，刷紅了臉怒喊回去。

一切都是為了人氣啊，人氣。

巴哈姆特這回不止汗顏，更是忍不住以鄙視的眼神看向自己的御主。

現場這麼多人中，只有他知道羅娜的真實個性，以及她裙子底下胖次的真正款式！

「額，這樣好像也沒什麼好自豪的樣子……」

「嗯？老色龍你剛剛說了什麼？」聽到一旁的巴哈姆特像是在自言自語，羅娜眉頭一皺納悶地問道。

總覺得巴哈姆特好像在說她的壞話，等這場比賽結束後再好好拷問一下那頭老色龍吧。

「總之，娜娜醬，我都把提示告訴妳了，接下來可別怪我無情了哦——」星滅一邊說，一邊繼續撫摸著緋色戰狼的鬃毛。

「唔……」羅娜沉下臉來，皺起的眉宇間滿是困惑與煩躁，她還是搞不懂星滅所謂的「提示」為何，接下來又有何打算？

看著對手一副游刃有餘的模樣，羅娜心裡更不是滋味，連同先前被欺瞞的不悅一起在她心中翻騰攪動。

「緋色戰狼，照我說的那樣行動吧。」在羅娜揣測星滅意圖的同時，星滅低下頭，在緋色戰狼耳邊說道。

雖然緋色戰狼是非人形式神，但御主式神能心靈相通，了解彼此要傳達的意思，即便式神是一頭狼，甚至是一條魚都是如此。

反觀羅娜這方，在聽到星滅對緋色戰狼下達指令，她心裡立刻浮現不好的預感。

「巴哈姆特，專心應戰！不知道星滅在耍什麼把戲，但只要我們專注一致，總會看出破綻！」這是羅娜目前唯一的對策，面對眼前捉摸不定的敵人，一種說不上來的焦躁不斷醞釀在胸口。

「本龍王會揪出他的小辮子的！」巴哈姆特回應羅娜的同時，將披風甩了甩，和布料一樣鮮紅的龍鱗持續閃閃發亮。龍王的雙眼緊盯著戰狼，只見緋色戰狼迅速衝向他，巴哈姆特正準備再次接下攻擊時，緋色戰狼竟轉身跳開，躍上旁邊高高圍起的牆壁。

「那傢伙沒有打算正面攻擊？難道是……！」羅娜一見到緋色戰狼跳開，先是一愣，但很快就想到了原由。

「緋色戰狼，吞吐狼煙！」在羅娜意識到對方意圖的當下，星滅一聲令下，緋色戰狼踩著牆壁瞬間屈膝，下一秒就越過巴哈姆特，跳到羅娜上空朝她噴出黑色煙霧！

一團黑色霧氣朝羅娜襲來，挾帶著零星閃爍的火光，巴哈姆特見狀立刻挺身而出，正當他準備出招時，只聽羅娜壓低嗓音緊急喊話，「注意使用次數！」

言下之意，是要巴哈姆特小心逆鱗披風的使用次數，雖然只要披風一擋就能輕而易舉地避開，可是卡在這該死的使用次數上，羅娜必須時時刻刻警惕著這件事。

「本龍王知道，這點攻擊還用不上披風！」巴哈姆特一邊說，一邊直接以手臂擋下黑色煙霧！

「喔喔喔喔！」發出震耳的吼聲，強硬接招的巴哈姆特微微地面露猙獰，嘴角露出平時隱藏起來的尖銳龍牙。

「居然直接用身體接下我家孩子的狼煙，真是有膽識吶。我說龍大叔，應該很疼吧？被灼燒的感覺很痛吧？」星滅此時一點也不像是參與戰鬥的考生，反而更像觀眾席上的一員，神情悠哉得很，就連說起風涼話也比一般人更為刺耳。

「哼，屁孩，你當本龍王是誰？這點攻擊哪裡疼了？充其量就是在泡溫泉而已！」巴哈姆特可不是隨便糊弄對方，在龍鱗的保護下，這點程度的攻擊根本不算什麼。雖然不能像逆鱗披風一樣能將攻擊轉移，但長在巴哈姆特肌膚上的龍鱗也有一定的保護作用。

不過看在羅娜眼裡，可就不那麼好受了。巴哈姆特用來抵擋狼煙的手正冒著白煙，上頭雖然有龍鱗保護，但仍能清晰看到疑似灼傷發紅的膚色……即便這是身為式神的巴哈姆特應做之事，羅娜心裡仍有些難受。

「嘿，平胸女，瞧妳的表情……該不會是替本龍王心疼了吧？」巴哈姆特的聲音傳了過來，表情帶著一點沾沾自喜。

羅娜撇過頭去，用有些僵硬的口氣回道：「少往自己臉上貼金了，老色龍。」

「你們兩個在那邊嘀嘀咕咕什麼？還真有閒情逸致啊，兩位。」星滅那充滿嘲諷的口氣冷冷地打斷羅娜和巴哈姆特的對話，「是忘了你們還在戰場上這件事嗎？那就讓我好心地再提醒一次——」拉長尾音，星滅笑冷，「可別小看我剛才的攻擊啊……以為這樣就結束了嗎？」

「什麼？」聽見對方這麼說，下一秒就看見不知從何處竄出的一小道黑色狼煙向羅娜偷襲而來！

「羅娜！」一時情急，巴哈姆特反射性地使出招式，「紅龍之逆鱗披風！」

披風直接蓋往羅娜，轉瞬間就將狼煙吸入，送到遠離羅娜的地方。

「沒想到居然還留了這麼一手……」險些被狼煙襲上，斗大的汗珠從額前緩緩流下，羅娜不禁心有餘悸、呼吸急促。

真是不能大意，面對星滅這樣的對手，居然直接偷襲御主！

這在靈人的戰鬥中非常少見，雖然沒有強硬規定，但「以式神互相攻擊為主」是靈人界不成文的規定。之所以有這種約定，正是為了避免鬧出人命，式神擁有超乎人類的力量，身為一般人類的御主難以抵擋，一不小心就可能賠上性命。

因此，在正常情況下，御主之間不會互相傷害。眼下星滅已經越過這條界線……代表這傢伙有可能繼續採取攻擊御主的戰術！

「若不是巴哈姆特即時保護了我，我恐怕早就身受重傷了吧……這傢伙竟敢給你祖母來陰的啊！」羅娜剛剛避開驚險萬分的局面，一不小心就暴露出本性。

「哦呀？剛剛娜娜醬是不是說了什麼很難聽的話？」面對羅娜的怒氣，星滅仍死性不改地繼續挑釁她，眉頭一挑賊笑問道。

「唔！你、你這壞蛋！怎麼可以偷聽人家講話！娜娜醬可是會森七七的唷！」

猛然意識到自己本性畢露，羅娜趕緊改口，再次揚高聲調，用嬌滴滴的口氣故作憤怒地指責。

慘了，她怎麼又不小心讓本性跑出來了啊！

現在可是線上直播啊，不能再讓之前的慘劇發生，她怎麼就沒好好記取教訓呢！

雖然表面上努力賣萌，羅娜的心底卻十分驚恐地等著觀眾的反應，就算她在戰鬥上沒有輸給星滅，倘若人氣票選輸得太多也有可能被刷掉！

「哈哈，我當然知道，但是娜娜醬森七七的表情也好可愛呢，可愛到我現在就想讓我家戰狼吞了妳呀。」

「誰要被你家的戰狼吞了啊！你這個大變態，娜娜醬最討厭變態了！」羅娜毫不客氣地反駁，這回她不忘維持娜娜醬的形象。切記切記，她可不能再出差錯了，不然辛苦通過淘汰賽的心血可都白費了！

「總覺得這小子挺心機的，不管是戰鬥上，還是人氣票選上，都想雙管齊下打敗妳呢。妳可要注意點啊，平胸女，好好抓緊宅男粉絲們的心吧。」巴哈姆特收回披風後，一邊冷眼看著星滅一邊向羅娜說道。

「少囉嗦，你才是，都已經第二次使用逆鱗披風了，老色龍。」羅娜沒好氣地壓低音量，同樣冷眼地回應自家式神。

「妳還真敢說，那麼做是為了保護誰？人家說有容乃大，妳果然裡裡外外都『乃小』啊。」

「給我閉嘴老色龍！」由於鏡頭又剛好對準自己，羅娜雖然青筋都浮到額頭上了，還是只能僵著笑容對著攝影機。

實在有夠心累，只要一取得聖王學園的學生資格，她就要馬上卸下娜娜醬的面具！

到時候，她隨時隨地想如何就如何，想揍扁老色龍就揍扁老色龍！

只是現在羅娜心中有個疑問，該不會連剛剛巴哈姆特使用逆鱗披風也在星滅的算計之內？

不，不會吧……他應該不曉得逆鱗披風使用次數的祕密啊……

越想越覺得哪裡古怪，羅娜的臉色又變得凝重起來，最後她還是只有一個想法，「果然，對付星滅就要速戰速決。巴哈姆特，是時候給他一點顏色瞧瞧了，露出你的真本事吧！」

第 十 章

Scepter of Rose King

羅娜一手扠腰，一手指向巴哈姆特下達指令，「我，羅娜，以御主的身分允許龍王巴哈姆特顯露出你的真正寶具！」

「遵命，我的御主——龍王巴哈姆特，寶具限制令解除。顯現吧，吾之爪、吾之獠牙！」收到羅娜的命令，巴哈姆特立刻雙腳微微站開，挺直腰桿，舉起手來仰天大喊，「寶具——地獄業火龍牙！」

話音一落，剎那間，巴哈姆特的手掌中憑空召喚出一把黑色巨型鐮刀！

「出現了！娜娜醬終於解除寶具限令啦！各位觀眾，眼下就是我們許久未在螢幕上看到的，龍王巴哈姆特的寶具，號稱以龍王最尖銳的獠牙作為材料，並以來自地獄最熾熱的火焰鍛造出來的武器——地獄業火龍牙！」在班傑明詳細的介紹下，觀眾的情緒也跟著興奮起來，高昂地呼聲跟口哨聲不斷從擂臺四周傳出。

其實主持人說的沒錯，她確實有很長一段時間沒讓巴哈姆特拿出武器了。過去的考試各式各樣、難度不一，有的要靠智取，有的則是考驗勇氣與信心，越到後面，派巴哈姆特上場的次數也逐漸增加，但讓他拿出武器、以武力取勝的情況卻不多見。

今天這場與星滅的比賽，是目前為止巴哈姆特使出最多招式，以及必須提前解除寶具限令的一次！

羅娜看向巴哈姆特，拿出武器的龍王威風凜凜，有種渾然天成的霸氣，每當他拿出武器的時候，她都會想起很久以前，在她小的時候，父親帶著巴哈姆特戰鬥的英姿……

那時候的巴哈姆特，不愧是SSR級的式神，若非當年父親意外過世，導致巴哈姆特身受重傷……或許今日根本輪不到她來繼承巴哈姆特。她總是想著，巴哈姆特現在被評為R級，對他而言根本是一種汙辱吧？

「妳還在糾結什麼？再不下令，本龍王就自己上陣了哦！」巴哈姆特一邊說，一邊揮動手上的黑色鐮刀，宛如死神一般，給人一種強烈的壓迫與肅殺氣息。

「不用我多說，你不是已經手癢開始動作了嗎？巴哈姆特，照你的意思戰鬥吧！」

「收到！本龍王一定要將這臭小子打得滿地找牙！」回答羅娜的同時，巴哈姆特拿著地獄業火龍牙衝了出去，「吾之龍牙啊，黑火蜂炮！」

招式名稱一出，只見巴哈姆特甩動手上的武器，無數黑炎火球如炮彈般迅速凶猛地朝星滅襲捲而去！

「這下才比較來勁嘛，上囉，緋色戰狼，讓他們休息夠了。」

即便面對巴哈姆特猛烈的進攻，星滅仍舊老神在在，他身邊的緋色戰狼應聲低吼，跳到星滅的面前，直接以肉身擋下炮火！

緋色戰狼毫無防備，每一發炮火打在身上都砸出一道懾人的傷口，雖然式神不會流血，但半透明的靈力卻從傷口中逸散而出！

「那頭狼是瘋了嗎？」

「天啊！肯定很痛吧！」

「怎麼會有讓式神毫無防備擋下攻擊的御主，太冷血了吧！」

在緋色戰狼以肉身擋下攻擊之際，現場圍觀群不禁議論紛紛，然而也有不一樣的聲音夾雜其中。

「酷！真是帥氣又果斷的戰狼！」

「好霸氣！我也想有這樣的式神！」

「一秒被圈粉啦！」

各種不同角度的發言，或多或少傳進了羅娜和星滅的耳中，只是羅娜還來不及思考，她的後方冷不防遭到偷襲！

「抓到了，娜──娜──醬──」星滅那充滿危險的聲音赫然出現在羅娜身後，羅娜一驚，反射動作一把抓住背後的對手，凶狠地來了個過肩摔！

「嚇啊！」羅娜一鼓作氣將星滅摔到地上，但在交手的瞬間，她的後背也被星滅拍了一掌。

「好疼疼疼啊……娜娜醬……沒想到妳人這麼可愛，出手卻這麼殘暴呢……」星滅被摔到地上，一旁的巴哈姆特和緋色戰狼也沒歇息，兩者正戰得火熱。

「若沒這麼做，人家早就被你擊倒了吧？娜娜醬可是柔弱得很，都是你害的啦！」儘管將一個男人過肩摔的事實就擺在眼前，不管現場還是直播都看得一清二楚，但羅娜也只能當作沒這回事，繼續演下去就對了！

不然她還能怎麼辦？

只是她有點懷疑，剛剛星滅的攻擊就僅僅只是那麼一掌嗎？

該不會這傢伙沒了式神，本身的實戰能力很差吧？

如果真是如此，在御主的對決上她應該能占上風！

「呵呵……」此時，星滅卻笑了起來，這笑容讓羅娜心裡有些發寒。

「被我過肩摔後還能笑出來的人……還真是少見呢。」羅娜眉頭一皺，向站起身來拍拍灰塵、當作什麼事都沒發生的星滅說道。

「不過是吃了點皮肉痛嘛……可是啊，娜娜醬，我的目的已經達成了呢。」

星滅賊賊笑開，在緋色戰狼被巴哈姆特打得節節敗退之際，他的這抹笑更令人匪夷所思。

「你到底……在打什麼主意？該不會只是在虛張聲勢吧？」

「是不是虛張聲勢，妳很快就會知道了，娜娜醬。」就在星滅這麼說的時候，羅娜突然感到背後一陣刺痛，回想一下，正是方才星滅拍打的位置！

「嗚……！你、你究竟對我做了什麼？」羅娜感覺那份刺痛像是會擴散一樣，在短時間內迅速擴張。她腦海中浮現許多猜測，例如星滅對她使用了毒物或詛咒系的法術之類的……

「講得真像我對妳做了什麼下流的事呢……娜娜醬，妳怎麼會如此天真地以為我會為妳解答呢？」星滅的表情充滿愉悅，一點也不在乎被巴哈姆特打退到牆角的緋色戰狼。緋色戰狼渾身是傷，靈力不斷溢出，明明受了重傷卻不曾聽見牠發出一聲哀號，令巴哈姆特意外地佩服其骨氣，和戰狼的御主給人觀感完全不同。

另一方面，巴哈姆特也注意到羅娜的狀況，由於契約的關係，他能感應到御主此刻的痛苦，巴哈姆特一心想要趕回羅娜身邊，但本來一副快站不起身的緋色戰狼又再次擋在他面前。

「讓開！本龍王可不想打一隻落水狗，何況我現在必須快點到羅娜身邊！」對著身上已經滿目瘡痍的對手，巴哈姆特的手毫不猶豫地用力一揮，一方面是為了回應對方的骨氣，一方面則是對羅娜的狀況心急如焚。

他有預感，如果再不趕快出手打退那個該死的小子，羅娜可能會有生命危險！只是事與願違，巴哈姆特越是急著想回到羅娜身邊，緋色戰狼就越是以身阻撓，逼得巴哈姆特進退兩難。同一時間，羅娜的臉色逐漸發白，刺痛感已經擴散全身，手腳無法控制地發麻。

「你……你別以為我會就這樣倒下……！」羅娜喘著氣，冷汗涔涔。之前才經歷過一場車禍就直接上場應試，身體本就不太好，在受了星滅的攻擊後，狀況更是急轉直下，現場觀眾都覺得羅娜的情況相當不樂觀。

「妳或許能撐到最後一刻，但妳的式神呢？娜娜醬不會不知道，讓式神實體化需要消耗不少靈力吧？」星滅嘴角揚著不懷好意的笑容，邁開步伐，一步一步緩緩地接近羅娜。

「原來你連這一步都算計好了嗎……！」被星滅這麼一提醒才恍然想起這件事，由於疼痛和微恙的身體，羅娜一時間忘了這個靈人都懂的基本常識。星滅說的沒錯，縱使她能有意識地戰到最後一刻，可是一旦靈力不足，式神隨時都有可能從場上消失，回到御主體內！

倘若真到那個地步，等同她已經失去戰鬥能力，輸掉這場比賽！

「可惡……這種事我怎能允它許發生！」

意識越來越薄弱，身體開始搖搖晃晃，羅娜咬牙苦撐，但自己最不願意見到的情況還是發生了。

「娜娜醬，我承認妳的式神真的很強，能把我家戰狼打成這樣很不容易，但戰鬥需要靠謀略，這就是妳缺乏的。妳有勇，卻無謀，更不夠心狠手辣。」星滅走近羅娜，此時羅娜四肢疼痛無力，無法再對星滅進行攻擊。星滅也知道這點，他看著羅娜一個踉蹌倒了下來，也跟著蹲下，一手放在自己的大腿上，一手扳住羅娜的下巴，刻意將她的頭轉向另一邊。

「看吶，妳的龍王已經開始靈力消散，妳的靈力快無法供給式神了呢。」

星滅接續說：「再這樣下去，妳的式神就會完全消失。實在沒辦法啊，式神需要靠御主提供靈力，要怪就怪妳沒有好好掌握這條法則吧。娜娜醬，這場比賽是我贏了。」

星滅在羅娜的耳邊說著嘲諷的話，透過鏡頭，觀眾們在大螢幕上看到她孱弱的模樣，有人難過地替羅娜打氣加油，有人頻頻搖頭，也有人激昂地替星滅歡呼。

「羅娜！堅持下去——」此時巴哈姆特的叫喊傳了過來，羅娜只看到自己的式神伸出手來，想試著抓住她，然而他的身影卻在一聲吶喊之後徹底消失。

巴哈姆特突然消失，現場觀眾發出驚呼，主持人也大喊出聲：「消、消失了！

娜娜醬的式神消失了！看來這場比賽的結果即將出爐，這場比賽的勝者是——」

在主持人準備宣布結果時，羅娜一拳無力地搥在地上，她用僅存的力氣甩開星滅的手，垂下頭來，飲恨地咬著下唇。肉體的痛苦遠遠比不上心靈的煎熬與挫敗感，無論巴哈姆特怎麼在腦海中安撫她，羅娜不甘心的眼淚幾乎要奪眶而出。只是她強忍下了來，說什麼都不願在星滅面前落淚！

「娜娜醬，快承認自己輸了吧，比賽結束後我還是妳的忠實粉絲哦。」星滅抽回手，笑看著不甘心的羅娜，看起來十分享受著這一刻。

看到娜娜醬深鎖的眉頭、泛紅的眼眶，以及氣得顫抖卻發不出聲音的無助模樣……真是讓他好愉悅、好亢奮吶！

多麼惹人憐愛，多麼讓人想一把將她推倒在地，殘暴用力地蹂躪她啊！

「我……」

「嗯？娜娜醬想說什麼呢？太小聲了，觀眾都聽不清楚呢。」星滅將手放在自己耳邊，刻意做出聽不見的樣子。

雙方狀態僵持，主持人只好再度拿起麥克風，準備宣告比賽結果，「各位觀眾，目前局勢已經很明顯了，就由我來宣布比賽結果！本次比賽的勝利者是——」

「這麼快就完了嗎，羅娜？」一道聲音突然闖了進來，打斷了班傑明的發言。

隨後聲音的主人突然現身，場面頓時陷入一片訝然的沉默之中！

「怎、怎麼可能……你怎麼可能出現在這裡！」星滅露出一臉驚駭的表情，他完全沒想到竟會在這種場合下見到此人！

至於被點名的羅娜，更是難以置信地抬頭看向對方，眼神中除了詫異，還夾雜著見到仇人的恨意。

對她來說，此時此刻見到這個人，根本不是什麼值得開心的事！

「你是特地來取笑我的嗎——法哈德！」不速之客的名字，隨著羅娜憤怒的嗓音一同吐露而出。

「哦，原來妳是這麼想的？我在妳心中就這麼惹人厭？」

人稱「漆黑的深淵魔王」，名字音同阿拉伯語「豹子」的男人——法哈德，赫然現身比賽的擂臺上。他一登場就散發出強大的帝王氣勢，行為舉止如同豹子般優雅自得，一點也不在意自己吸引了觀眾們驚訝的目光。

在攝影機鏡頭前的法哈德睇著他攝人魂魄的淺紫色雙眸，垂掛在右耳的紅寶石在燈光的照耀下閃爍著耀眼光芒，手臂上纏繞著魚骨紋路般的黑色刺青，精瘦結實的腹腰讓他的身體曲線如豹子般優美迷人。

傳說級的人物，被冠上「魔王」一稱的強者，此刻突然現身擂臺，帶給現場觀眾意外的高潮與轉折！

「那不是深淵魔王嗎？他怎會在這裡！」

「天啊！他他他就是那個傳說中的人造人，絕對強大的深淵魔王嗎！」

「沒想到會在這種等級的比賽上看到傳說人物！太出乎意料了，真是值回票價啦！」

觀眾們的驚呼聲此起彼落，一時間甚至忘了這場比賽的兩位主角，注意力全都集中在搶盡風頭的法哈德身上。

「什麼！突發狀況！深淵魔王居然現身擂臺？到底發生了什麼事？請讓我們繼續看下去！」由於法哈德的意外登場，本來要宣布比賽結果的主持人轉而播報起現況。

「你到底想要什麼，法哈德……」雖然很想站起來大聲質問對方，無奈羅娜目前的身體仍不堪負荷，只能咬緊牙根用虛弱的聲音問道。

「我的百合花，讓妳最厭惡的人替妳打贏這場比賽如何？」

法哈德說出這句話後，羅娜幾乎忘了呼吸，腦海裡只有滿滿的錯愕震驚。這些情緒翻騰過後，緊接而來的第一個念頭——

這傢伙是在說笑嗎？

「如果這是你用來汙辱我的方式，我告訴你，用不著如此！」即便羅娜身體虛弱，還是硬擠出一口氣反駁對方。

「別開玩笑了！你又不是娜娜醬的式神，憑什麼代替她上場戰鬥！」反倒星滅顯得非常急躁，往前一站緊張駁斥。假使法哈德真的代替羅娜上場戰鬥，這傢伙可不是好對付的角色啊！以他現在的實力根本無法和法哈德對戰，不，應該說連想都不敢想！

「我和羅娜說話的時候，沒有你插嘴的餘地。」話音一落，法哈德手指一彈，一道黑色的氣旋朝星滅直射而去！

「嗚！」冷不防遭到攻擊，被氣旋正中腹部，星滅立刻吐出一口血來。

看到這一幕，羅娜吃了一驚，她完全沒想到法哈德竟會出手攻擊星滅！

「看到沒，我可是認真的，我的百合花。」法哈德露出一抹迷人又溫柔的微笑。

此時，羅娜終於認清了一件事：這個不速之客，似乎真的要插手她和星滅之間的比賽！

「就算如此……就算要我輸掉比賽，我也不需要你的幫助！」為了進入聖王學園，她付出了無數的努力和代價。但若要讓一個殺害自己雙親的嫌疑犯對她伸出援手，她說什麼都不願意！

「我可憐又愛逞強的百合花啊，見妳如此，真讓我心疼。」面對羅娜堅定的拒絕，法哈德看似憂傷地搖了搖頭。不過在羅娜眼中，只覺他裝腔作勢、虛情假意。

法哈德蹲下身，挑起羅娜的下巴，她馬上扭過頭去，視線不願落在對方身上。

「真是倔強啊，瞧瞧那小子把妳折磨成什麼樣子了。」法哈德沒有動怒，反而露出興致盎然的神情，「妳真的想輸掉這場比賽嗎？要是在這裡放棄的話，就永遠都查不到真相了呢。」說著法哈德便收回了手。

此時，一旁的星滅已經重新起身，準備再次出手。

眼下正是好機會，趁著法哈德不注意的時候，將羅娜徹底擊倒，直接終結比賽！

「不過啊，就算妳真是這麼想，我可不能允許呢。」法哈德嘴角挑起一笑，正想繼續說下去，只聽星滅突然對式神下達命令，「緋色戰狼，快用狼煙毒氣攻擊羅娜！」

看著自家式神聽令朝羅娜發射毒氣，星滅揚起嘴角，這一招要是擊中了，羅娜就再也無法和他戰鬥，他就能順理成章晉級決賽！

眼看星滅要得手時，一道黑影赫然擋在毒煙與羅娜之間，接住了星滅的攻擊！

「真是喜歡攪局的鼠輩啊……如果你這麼想求死，我可以立刻成全你。」法哈德側著身子，緩緩地轉過頭來！

星滅看著緋色戰狼的毒氣被法哈德的身體吸收，這毒氣若全部吸進人體，就算沒有七孔流血，也會沒了半條命！

「毒、毒氣被吸收了……為什麼……為什麼你毫髮無傷！」眼睜睜看著毒氣被吸得一乾二淨，星滅愣在原地，伸出手來顫抖地指著法哈德。

難以置信！

實在難以置信！

怎麼有人敢做出如此瘋狂的舉動卻又絲毫不受影響！

這……這就是傳聞中「深淵魔王」的能耐嗎！

「鼠輩，我沒有回答你的義務，你連跪在我面前的資格都沒有。」法哈德冷眼看向驚慌失措的星滅，他揚起手，「膽敢一而再、再而三地傷害我的百合花？你還是消失吧，礙眼！」

當著羅娜和所有觀眾面前，法哈德將剛剛吸收進體內的毒氣集中至自己的手掌上，朝星滅發射而出！

「住手——！」當羅娜反應過來，急著向法哈德大喊時，已慢了一步。

法哈德突如其來的回擊，星滅根本來不及閃躲防禦，被直接狠狠地命中！

在毒氣的包覆下，星滅痛苦地哀號尖叫，倒在地上翻滾抽搐，雙眼、鼻孔、雙唇都開始滲出鮮紅的血液。

「救護人員！救護人員快點將考生帶下去治療！」

星滅七孔流血、口吐白沫，他的式神緋色戰狼也早已消失不見，主持人趕緊叫來醫護隊進行搶救。現場一片混亂，觀眾們驚駭惶恐，喧嘩四起。他們和羅娜一樣，萬萬沒想到這場比賽竟會演變成這樣！

不僅如此，透過直播，還有更多人目睹到這駭人的一幕。在主持人與考委會忙著解決騷動時，身為罪魁禍首的法哈德卻對自己造成的事件無動於衷。

「起來，比賽我幫妳贏下來了。」法哈德突然彎下腰，毫無預警地拎起有氣無力的羅娜，順手將她扛在肩上。

「放、放我下來！誰要你幫我贏得比賽！你這殺人凶手！」或許是毒素已經慢慢消退，又或許是星滅其實手下留情，羅娜的氣色漸漸地恢復，但靈力仍無法支撐她再次召喚出巴哈姆特。

她本想繼續掙扎，趁著力氣逐漸恢復，想掙脫法哈德的懷抱，只是她的意圖太過明顯，最後法哈德一個手刀直接劈下，讓羅娜當場昏了過去。

第十一章

Scepter of Rose King

快報！本屆聖王學園入學考試出現第一名犧牲者！

昨日下午，聖王學園入學考試發生慘劇，兩名應試考生正在進行靈人之間的戰鬥對決，勝者即可晉級決賽。考試進行到尾聲，女性考生A由於靈力不足，導致無法召喚式神，校方即將宣布比賽結果時，卻意外出現一名神祕男子！

據了解，該名男子是消聲匿跡多年、傳說中的人造人「漆黑的深淵魔王」——法哈德。男子疑似意圖協助考生A獲得比賽勝利，進而攻擊考生B，考生B當場身受重傷，七孔流血、不斷抽搐。校方雖立即派醫護人員進行搶救，最後仍回天乏術，宣告不治。

由於本次賽事透過現場直播，許多民眾在第一時間目睹慘劇發生，網上已有大量關於本次比賽的討論。其中不乏一些值得關注的議題，如靈人之間使用式神的規範是否過於寬鬆？相關單位是否應該進行檢討？

目前靈務管理局已經介入調查，至於本次考試結果，由於事發突然，聖王學園考試委員會表示將緊急召開會議，討論協商。

羅娜坐在床上、背靠枕頭，逐字讀完這份報紙的頭版。她的臉色略顯凝重，沒想到，自己會再度成為新聞的版面人物。距離上次登上頭版已是四年前，那次正是他們家慘遭滅門的專題報導……

為什麼只要跟她有關的新聞都不是什麼好事呢……

想到這裡，羅娜不禁嘆了一口氣，她將目光轉向一旁，看著雙手抱胸的自家式神，「巴哈姆特……你怎麼看？」

「這件事，錯不在妳。」巴哈姆特言簡意賅地說出自己的看法，「該負責的，是那個叫法哈德的傢伙。」

其實，羅娜也明白，若真要找出責任方，絕對是害星滅魂斷擂臺的罪魁禍首——法哈德。只是，無論從哪方面來看，這件事都顯得有些棘手。

一來，法哈德的身分是人造人，而且還是靈體狀態，他在場上也親口說了要幫助羅娜，若發生爭議，恐怕要由她擔下所有責任。但法哈德並非真正的式神，更沒有和她簽訂任何契約，就連他會現身這場比賽也都在她的意料之外！

這麼一來，責任究竟要歸咎於誰？又該如何處置？

羅娜光是想想，感覺腦袋都快炸裂了，何況眼下還有一個更嚴重的問題。

「說到法哈德，那傢伙到底死去哪了？別拍拍屁股就走，讓我們幫他善後啊！」巴哈姆特不耐煩地站起身，眼裡盡是滿滿的憤怒。

羅娜可以理解巴哈姆特為何如此急躁，一方面是法哈德留下一堆爛攤子就消失不見，連他為何會出現在擂臺上的原因也無人知曉。

另一方面……

「本龍王實在嚥不下這口氣——」巴哈姆特走到羅娜身前，突然伸手用力地拍在羅娜身後的牆壁上，羅娜幾乎能感受到拳風掃過她的側臉。

「那傢伙怎麼可以……怎麼可以搶了本龍王的職責，還侵占了本龍王的位置！」巴哈姆特的拳頭抵在冷冰的牆面上，還氣不過似地慢慢扭轉著，他非常在意這件事，在意得不得了！

他是羅娜的式神，是真正和羅娜以性命相交的式神，那個法哈德又是什麼東西？能夠替羅娜捨身賣命、能夠替羅娜揮灑熱血、能夠守護羅娜的式神只能是他巴哈姆特！

「可是……為何偏偏在妳最緊急的時候……我卻因為沒有足夠的靈力而消失！」說到最後，巴哈姆特垂下頭來，語帶哽咽，瀏海的陰影蓋住了他的雙眼，讓人無法看清他的表情。

「巴哈姆特……」羅娜也同樣無奈，在此之前她從未想過會發生這樣的事情。她懂巴哈姆特的心情，在法哈德強行出手後，不僅奪走了星滅的性命，也傷害了巴哈姆特的自尊。

「那不是你的錯，巴哈姆特，該怪我，怪我沒有足夠的靈力可以供給你，我還需要更多訓練讓自己更強才行！」放下手邊的報紙，羅娜伸出手，輕輕觸碰巴哈姆特的臉龐，用掌心包覆住對方，「如果我能更堅強一點，如果我能早些識破星滅的詭計，就不會演變成這樣的局面了。」並非純粹安撫巴哈姆特，羅娜所言字字發自肺腑。若非自己的意志力太過薄弱、屈服於痛苦，巴哈姆特就不會消失，法哈德也就沒有介入的餘地。

「別跟我搶責任，倘若我還是當年的那個SSR級的龍王，星滅那臭小子早被我給秒了，哪能讓他使出這種下三濫的詭計！」巴哈姆特抬起頭與羅娜對視，表情仍十分氣憤懊悔。

「巴哈姆特，我了解你的心情，但現在並非你我繼續沮喪的時候……」羅娜努力地想平復巴哈姆特的心情，只是眼看他怎樣都無法息怒，最後她只想到一個辦法——雖然有點唐突，也有些害臊，但不管這麼多了！

「羅娜……唔！」就在巴哈姆特準備再說些什麼的時候，羅娜突然將臉湊近，一鼓作氣地將自己的雙唇印在他的唇上。

「我們……來補靈吧。」羅娜比平常還要低沉沙啞的嗓音，帶著迷人的誘惑，甜美地蠱惑著巴哈姆特。

「羅……」巴哈姆特先是一愣，又想繼續說話，但羅娜直接以行動封住了他的嘴。

「噓……這種時候，就要通情達理一點，讓女士主動已經很便宜你了，老色龍。」雙唇暫時分離，羅娜用曖昧的眼神凝視著對方，長長的睫毛半遮半掩，顯得神情更加性感撩人。

「真是的……」巴哈姆特眉頭微蹙，嘴角揚起淺淺的苦笑，「說本龍王是老色龍……妳才是折磨人的小妖精吧……」

「哈……這種老掉牙的言情小說梗居然從你口中說出來，真不愧是一條『老』龍呢。」羅娜同樣笑了一下，明明一開始只是想安撫巴哈姆特沮喪自責的情緒，可是說也奇怪，不過是一個吻，一個自己主動獻上的吻，竟像打開了潘朵拉之盒似地，不小心打翻了欲望……

變得想要繼續糾纏下去，想要和眼前這個男人有更多、更親暱的互動。

為何會這樣？

難道她真的本性放蕩？

不，不是這樣的，換作他人，她可是一點想親吻的念頭都沒有。

不管了。這種匪夷所思、難以探究的情緒，暫且把它擱著吧。

正當羅娜沉浸在自己思緒中，她的下巴突然被人扣住，略微強硬地拉了過去，彼此的雙唇再次貼上——比先前更加用力、更加厚重、更加濕黏、更加強勢灼熱地將她和巴哈姆特緊緊聯繫在一起。

「唔……」羅娜不禁溢出軟綿的呻吟，雖然措手不及，卻也讓人安心。

這樣想有些難為情，好像她很渴望巴哈姆特的吻一樣，可是真是太好了——

不是只有自己有這樣的念頭。

不是只有自己有如此的欲望。

不是只有自己……抱持著這種難以言喻的情愫。

「羅娜……妳的唇，總是能挑起本龍王複雜矛盾的情緒。」巴哈姆特托住羅娜的臉龐，伸出食指，輕輕撩撥垂掛在她耳邊的髮絲。

他略微粗糙的指腹摩娑著羅娜的耳廓，和她柔軟細緻的肌膚互相磨蹭，交織出一種微妙的熱度和挑逗。

羅娜心想，這頭老色龍肯定是想要更多……更多讓人沉淪的感覺吧。

但她還是忍不住想問：「什麼樣的矛盾情緒……」

「嗯……就是妳的吻，總能讓我立刻忘卻眼前在意之事，另一方面……」

「另一方面……？」

「另一方面，又能挑起本龍王心中深沉的欲望，觸動到那不該觸碰的心弦……」巴哈姆特的嘴角揚起一抹不懷好意的邪笑。

「老色龍，這麼文謅謅的，真不像是你的風格。」

「哦?那什麼才是本龍王的風格?」

「你的風格啊……應該會說『都是妳的吻讓本龍王褲襠那條巨龍覺醒了』之類的。」

「妳還真是不害臊呢，如此露骨的話哪是本龍王的格調。」如果是平常，巴哈姆特早就往羅娜的額頭彈了一下，但現在他不想破壞這難得的氛圍，「不過若妳想見識，本龍王隨時都可以讓妳瞧瞧，妳這般殷勤地投懷送抱，確實有那種可能呢……」巴哈姆特湊到羅娜耳邊，刻意壓低嗓音，「吶，想親自體會一下嗎……」

聽到巴哈姆特充滿暗示地邀約自己，不止言語上，他還牢牢抓住她的手，慢慢地往自己的下腹移動。

羅娜的臉頰瞬間灼熱起來，假使現在有一面鏡子在她面前，肯定會看見自己兩頰通紅的模樣吧?

「你、你這是性騷擾哦!」也不是第一次被老色龍如此對待了，羅娜至今都無法習慣。只是彆扭之餘，還參雜著一種莫名的心跳加速。

「開什麼玩笑呢，會演變成這樣到底是誰先主動誘惑？誰玩的火？」巴哈姆特笑開了嘴，露出尖銳的獠牙，眼神帶點危險的氣息，「所以妳得負責好好滅火才行啊，羅娜，本龍王的御主——」

巴哈姆特引領著羅娜的手撫摸過自己結實的腹部，讓她細細品嘗每一吋肌膚、每一條凹壑，使她兩頰溫度不斷上升。

羅娜的每一個表情，不論是眉頭微微蹙起，還是害羞地睫扇半掩，抑或是雙唇微啟、不知所措的模樣，巴哈姆特全都盡收眼底。看著這樣的羅娜，巴哈姆特心中只有一個念頭：這個性感到不行的女人，是本龍王的御主。

也是本龍王渴望得到的女人。

不知何時，巴哈姆特開始對羅娜產生超乎御主與式神之間的感情，他一度以為自己是抱持著守護前御主遺願的心態，但隨著相處的時間漸長，他才明白不是這麼一回事。

他想要這個女人。

不是單純的契約關係，而是想要征服這個女人的身心！

她的一切，都只能屬於他！

這份強烈的感情日漸增益，幾乎難以控制。特別是每次補靈的時候，他都得努力壓抑，怕自己一個不小心傷害了羅娜，破壞了御主和式神間的平衡。

對巴哈姆特而言，只要能維持現狀就夠了。能從補靈的過程，稍微發洩一下自己的私欲就足夠了。只是這次，羅娜難得主動貼近自己，還不斷用言語引誘著自己，這樣叫他如何再強忍下去？

「什麼負責任？我不過是幫你補靈而已……！」羅娜話還沒說完，巴哈姆特直接將手環上她的腰，將她緊緊摟向自己。

「這一切都是妳自找的，羅娜！都是妳，讓本龍王無法忍受了！」縱使感受到羅娜的掙扎，巴哈姆特也沒有鬆手，羅娜越是蠢動，他越是使勁抓牢。

「巴、巴哈姆特你住手別鬧了……」羅娜的手都被抓痛了，但比起這點疼痛，她更在意對方這種急躁的狀態。

自己該不會真的引火上身了吧？這下可麻煩了啊！

和式神之間的補靈應該點到為止，但現在事情似乎即將失控。

「不，本龍王不會放手！」強烈否決了羅娜的要求，巴哈姆特一把抓住羅娜，將對方雪白的手腕印得通紅，「如果放手，是不是又會像在擂臺上那樣，再次錯失保護妳的時機？又將妳拱手讓給別人？」

「哈啊？你在說什麼啊！」完全牛頭不對馬嘴吧？

羅娜一臉困惑，眼下被巴哈姆特困住的情況沒有絲毫改善，她心中那份緊張不安如雪球般越滾越大，她簡直不敢想像之後的局面會如何發展！

「本龍王不會再輕易放手了，妳不僅僅是我的御主，還是本龍王最重視、最想得到的女人！」一鼓作氣將隱藏多年的想法吐露而出，沒有保留也不設懸念，赤裸裸地說出專屬於龍王的霸氣告白！

羅娜一臉錯愕地看著自己的式神。

她的腦袋一時間轉不過來，方才巴哈姆特的話如警鐘般洪亮地敲入耳中，她不知該如何是好，如果再繼續放任下去，事態是不是會走向禁忌的道路？

她強迫自己冷靜下來，回憶一下剛剛自家式神說的話。其實羅娜不太擅長這種事，也很少遇到這種情況，即便平時給人一種經驗豐富的感覺，如今在巴哈姆特面前，卻像個懵懂孩子般問道：

「你……這是在跟我告白的意思？」

「啊？」被羅娜這麼一問，巴哈姆特反倒傻了眼。這下換他不知該怎麼回答羅娜的問題，該說「是」或者「不是」？

天，他都糊塗了！

羅娜這女人真是個超級遲鈍的感情白痴！

過去看過幾次異性跟羅娜告白，但不是被羅娜無視就是根本沒發現，甚至都講得超級直白了，羅娜那個灌了水泥的腦袋也完全轉不過來！

巴哈姆特十分懊惱，他到底該不該跟羅娜那顆水泥腦袋講清楚說明白？

看著一臉煩惱的巴哈姆特，羅娜微微歪著頭，眨了眨眼，她是真的納悶，可心跳也不禁噗通噗通地加速。

這種緊張的感覺是怎麼回事？

不不不，別想太多，她跟巴哈姆特只是御主和式神的關係，就算有時候會有那麼一點點意亂情迷、小鹿亂撞，但肯定只是那個理論……那個什麼理論來著……

對了！

是「吊橋理論」！

不是說只要和某一個人一起經歷危機，就容易產生類似心動的錯覺？

又或者是革命情感？

好混亂啊，真想讓自己腦袋當機，什麼都不管！

就在雙方僵持不下之際，一道敲門聲忽然闖了進來，打斷兩人凌亂的心緒。

「啊……阿姨我是不是打擾到什麼了？」從門後探出頭的人，正是羅娜的阿姨愛麗絲，她臉上的神情既困惑又有些訝異。

剛剛推門而入的剎那，她是不是看到了某種不該看的畫面？

「呃，什麼都沒有！阿姨妳來得正好！」一把推開貼著自己的巴哈姆特，用眼神暗示對方快點消失，只是巴哈姆特難得抗拒地雙手抱胸，別過頭去不予理會，好似在向她抗議一樣。羅娜雖然感到有些麻煩，但現在也不好再跟巴哈姆特說些什麼。只見阿姨仍是一頭霧水地提問：「那個，我剛才是不是看到妳跟巴哈姆特先生在……」

雖然愛麗絲是非靈人，但由於自己姪女的影響，對實體化的式神並不會感到特別害怕。何況對象是巴哈姆特，愛麗絲更是期待能夠多見他幾次呢，誰讓巴哈姆特長著一張令人迷戀的帥氣臉龐，完全是她的天菜啊！

要不是自己沒有靈人的資質，愛麗絲當年就想將巴哈姆特搶過來了！不過每當她和羅娜這麼說時，羅娜總是用不以為意的口吻，輕描淡寫地敷衍過去。

可惡啊，真令她火大，能和這麼帥的式神朝夕相處，對方還完全服從自己的指令，根本羨煞她這個萬年剩女！

「妳、妳看錯了吧！老太婆妳是不是老花眼了！」羅娜胡亂地搖頭否定，只是這反應在阿姨眼中顯得更有問題了。

愛麗絲微微瞇起眼睛，懷疑地道：「很可疑哦……是不是妳想騷擾巴哈姆特先生？妳、妳該不會想用御主的身分命令他對妳做色色的事！」

「啥？色妳個頭啊——妳不要把自己想做的事說出來啊！」羅娜一聽立刻臉色大變，馬上吐槽反擊回去。

拜託，她明明才是被騷擾的受害者吧？

咦，這麼說好像也不是，因為一開始主動說要補靈的人的確是自己……

「咳咳，沒有的事，我怎麼可能當著巴哈姆特先生的面，說這種失禮的話！我可是淑女啊！」愛麗絲轉過頭去，有些生硬地撇清責任。

「我才不管妳是不是淑女……妳到底是來做什麼的？」這次換羅娜雙眼瞇成線，用死魚般的眼神盯著愛麗絲。

「對了對了！我差點忘了！」被羅娜這麼一提醒，愛麗絲才恍然想起原本的目的，她深吸一口氣，睜大雙眼對著自己的姪女說：

「這次又有新的婚約對象啦——而且對方已經在門外等候了！」

第十二章

Scepter of Rose King

羅娜的眼神死了。

她看著前方出現的男人，阿姨口中所謂的「結婚人選」，她超想馬上轉身就走。

忍耐，她一定要忍耐。

這裡是聖王學園的考生休息室，旁邊有很多人，加上考試結果還未出爐，她不能再節外生枝了。

「老太婆……妳是不是搞錯人了？這是怎麼一回事啊？」板著僵硬的笑臉，為了維持娜娜醬的形象，即便青筋都已經浮上額頭，羅娜還是壓低音量、一臉微笑地說話。

「沒搞錯啊，就是他！妳要知道，這麼帥的人要娶妳已經是超幸運了！換作是我早就撲上去了啊！」愛麗絲給予肯定的答覆，順便用手肘撞了撞自家姪女。

「只有妳想撲上去吧，妳這個萬年飢渴的大嬸。」即便嘴上不饒人地吐槽自己的阿姨，羅娜還是勉強僵著一張過分燦爛的笑臉。

「什麼萬年飢渴，太過分了，不要詛咒我好嗎！妳這桃花盛開的可惡姪女！

妳倒是說說看啊，這男人哪裡不帥了？」

「跟他長得帥不帥沒有關係好嗎？我在意的是這傢伙的身分啊！」若叫她從眼前這傢伙身上挑出任何不好看的地方，還真是有些困難。縱使她有多厭惡此人，但他長得英俊是個不爭的事實。

問題在於——

「別開玩笑了，本龍王絕不允許我的御主和法哈德結婚！」似乎再也聽不下去，巴哈姆特站了出來，一手擋在羅娜身前，霸氣地對著前方的婚約者——人稱「漆黑的深淵魔王」的法哈德示威！

先別說「式神和人類締結婚約」這種史無前例的情況，法哈德是羅娜目前最痛恨的存在，更是當年殺害她雙親的最大嫌疑人，他身為羅娜的式神，豈能允許這種事發生！

巴哈姆特在心中暗自決定，假使法哈德真要強迫羅娜，他就算賭上自己所有的靈力也要阻止這件事！

「龍王巴哈姆特……你還是對我先前救了羅娜的事耿耿於懷嗎？真是無能的

式神呢，其實是羨慕我吧？」面對巴哈姆特激烈的反彈，法哈德依然從容不迫，優雅地把言語化作利劍，刺向對手。

「你這陰險小人，本龍王才不會被這種挑釁的言語影響！」巴哈姆特毫不客氣地反駁，兩人之間的火藥味一觸即發，同在休息室裡的人有的拿出手機拍攝，有的則頻頻偷看，察覺到氣氛越來越不對的羅娜必須趕緊行動。

「你們兩個通通給我過來！」朝巴哈姆特和法哈德伸出手，一邊挽住一人的手臂，羅娜使勁將兩名式神拉進旁邊的茶水間裡。至於完全搞不清楚狀況的愛麗絲也一臉懵懵懂懂地跟著走了進去。

「真是熱情呢，才剛提出要成為妳的婚約者，就這麼親密地挽起我的手了啊。我的百合花，妳總是讓我出乎意料呢。」被拉進無人的茶水間後，法哈德笑著對羅娜曖昧揶揄。

「熱情你個頭！是為了不讓我丟人現眼才把你們拖進來！」羅娜真想不客氣地揍法哈德一拳，不，應該順便將這傢伙打死報仇！

「老太婆，這是怎麼回事妳給我解釋清楚！為什麼這傢伙會說要當我的婚約者！」先是狠狠地瞪了法哈德一眼，羅娜將凶惡的視線轉向愛麗絲。

「這、這個，這件事有些突然，總之在不久前，這位先生找上我，跟我說他願意和妳結婚，無條件成為妳的婚約者……」愛麗絲眼神閃爍，眼簾低垂，她只是單純地向羅娜通報這件事，希望自己的姪女能早日破解詛咒。畢竟巴爾娜娜奶奶的預言向來準確，越早破解越能讓人心安，不然羅娜實在太可憐了……一夕之間失去雙親、目睹凶殺現場，當年的真相尚未釐清，身為羅娜的阿姨，她能為姪女做的不多，只想盡可能幫上她的忙。

「哈啊？就只是因為這樣？」羅娜難以置信地睜大雙眼，天啊，她的阿姨怎會如此天真地相信這傢伙呢！

「別遷怒他人，我的百合花，是我自己主動找上門的。不過，實際上也是妳自己導致的結果呢。」

「我自己導致的結果？你這話又是什麼意思？」法哈德的說法讓羅娜頗有微詞，只是她強忍不滿，決定先聽聽法哈德的解釋。

過去一聽到法哈德這樣講，她肯定會認為這傢伙是想挑釁自己，但自從法哈德在與星滅的比賽出手幫了她後，不得不承認，對於法哈德，她又有了另一種看法，開始抱持著「或許可以聽他說說看」的念頭。

「還記得當初妳在某個地方進行儀式，在那之後曾聽到的聲音嗎？」

法哈德一提起這件往事，羅娜立刻陷入回憶之中，她想起當初曾隨同阿姨一起到某地幫忙舉辦驅邪儀式，那時的確有一股令人在意的氣息……

「該不會當時我感受到的氣息，是你？」羅娜倒抽一口氣，神情像是突然驚醒般地訝異。

當時她曾懷疑過自己是不是出了錯，沒想到還真是弄巧成拙，把驅邪儀式變成了召喚儀式！

也就是說，法哈德是被自己召喚出來的？

一想到這，羅娜對自己的重大失誤感到懊悔萬分，然而現在也後悔莫及了！

「不是我的話還會是誰呢？不怪妳當時沒察覺出來，那時我自身的靈力還不穩定，形體也不夠完整。」法哈德一手托著下巴，閉眼回想了一下，接著他突然湊近羅娜，「所以說，將我召喚出來的妳，於公於私都需要對我負責吧？」刻意地朝羅娜吹了一口熱氣，雖然隨即就被旁邊護主心切的巴哈姆特一把推開，仍沒有影響法哈德那從容的態度。

「我還是有拒絕你的權力，法哈德！」對自己無意間召喚出法哈德這件事感到震驚，但羅娜沒有因此亂了陣腳，她依然堅定地向法哈德如此說道。

「的確，妳有這個權力，但是我的百合花啊……在聽了我帶給妳的消息後，妳再做決定吧。」

「什麼消息？你最好不要故弄玄虛。」羅娜皺起眉頭，不客氣地回應。

「妳果然還沒收到通知呢……其實，在我到來之前，聖王學園考委會已經告知我比賽的處置方式了。」

「處置方式？考委會怎會先告知你而不是通知我！」羅娜很是錯愕，這件事影響最大的人應當是她，而非眼前這個根本毫不在乎的傢伙吧！

只是，反過來想，考委會直接通知法哈德的話，不就表示……

不好，她有種非常不好的預感！

「沒錯，妳說到重點了。造成此次風波的人的確是我，照這個情況來看，他們先將處置結果告知我這個凶手也沒什麼不妥。」坦然地把自己說成「殺人凶手」，在羅娜眼裡著實令她有種不寒而慄的感覺。

雖然她仍在氣頭上，可是法哈德說的不無道理，他確確實實是殺死星滅的罪魁禍首！

星滅的死，本就與她無關，她也是被捲入這場風波的受害者之一啊……

羅娜深吸一口氣，試著讓自己的情緒冷靜下來，她沉下臉來問法哈德：

「既然如此，你應該馬上告訴我考委會通知的結果，法哈德。」

「哎？怎麼變成這個話題了？小娜，法哈德先生可是來和妳討論婚約……」

「老太婆先閉嘴，對我來說考委會的事比婚約還重要！況且我根本不打算和這個人結婚！」愛麗絲的話還沒說完，就被羅娜強硬地打斷。

「哈啊？妳這是什麼態度！居然敢這樣對妳阿姨說話！」

「愛麗絲，讓羅娜先把眼前的事處理好吧。」出聲的人，是臉色略帶陰沉的巴哈姆特。接連被自己的姪女和巴哈姆特制止，愛麗絲也只能不甘心地咬著下唇，哼了一聲，別過頭強忍不滿。

「我的百合花，關於妳想知道的結果，聖王考委會是這麼跟我說的……」法哈德雙手敞開，嘴角揚起一抹淺笑，「如果妳想繼續參加最後的決賽——就必須將我，法哈德，納為妳正式的式神。」

聽到這句話，羅娜徹底傻住了，一旁的巴哈姆特更是一臉愕然、難以置信。

「這怎麼可能……」羅娜低下頭來，喃喃自語，聲音連同肩膀都微微顫抖著。

「這……這一定是你在說謊吧？法哈德，你這個詭計多端、不可信賴之人，別以為本龍王的御主會相信你的謊言！」巴哈姆特站了出來，想要用自己的怒吼震碎對方的謊言。

這實在太荒謬了！

以前從未有過這樣的先例！

雖說一名御主同時擁有複數的式神並不少見，但御主和式神之間必須達成共識，決定互相託附彼此的性命，才能締結契約。從來沒有這種由外界施壓，強迫御主必須收編式神的案例！

再說，就算是正常情況下，收編第二名式神也必須注意式神之間是否能和諧相處、並肩作戰，倘若兩名式神彼此互看不順眼，會嚴重拖累御主的戰鬥表現，甚至影響到靈力供給與身體狀況。

巴哈姆特身為羅娜目前唯一的式神，當然是抱持反對立場，不管哪方面都無法接受法哈德成為羅娜的第二名式神！

「沒想到你會說出如此幼稚的言論呢，龍王巴哈姆特，我真是太高估你了，原來你也不過如此。」法哈德朝巴哈姆特冷冷一笑，聳了一下肩膀，「你真以為我需要撒這種謊來騙取式神的資格嗎？我可沒搖尾乞憐到這種地步。」

「哼，本龍王才不聽你說三道四，有本事就拿出證明來！」巴哈姆特也沒讓步。

「要證明的話，我想這個時候應該收到正式的通知了吧。」法哈德一邊說，一邊看向羅娜的口袋，示意她拿出手機查看。

羅娜嚥下一口口水，將手伸入口袋中，取出手機。

打開手機一看，羅娜倒抽一口氣，看來確實收到了來自聖王學園考委會寄出的電子郵件。

用餘光發現羅娜神情一變，巴哈姆特趕緊湊上前一同查看，「快，點開看看裡面寫了些什麼！」

巴哈姆特跟羅娜一樣，兩人的心都懸著，一旁看戲的法哈德卻一臉從容。這對主從逐字看完郵件，還不停地再三確認，最後才將手機緩緩放下。

「怎樣？考委會怎麼說？」愛麗絲率先打破沉默，緊張地抓住自家姪女的手臂詢問。

她平常不怎麼管羅娜參加聖王學園入學考的事，但現在是緊要關頭，她也繃緊神經，急著想要知道答案。

「考委會……和法哈德說的一樣……」羅娜垂下頭來，顯得既沮喪又無奈，「他們說，比賽並非由我下令殺害星滅，星滅死亡的責任也確實歸於法哈德。但無論如何，這場比賽的宗旨在考驗兩名考生的實戰力，星滅的死雖然超出預期，且涉及道德與犯罪層面的問題……但是，這也顯現出星滅在戰力上的不足……」

音量越說越小，羅娜現在的心情百感交集，念到一半她實在念不下去了，一旁的巴哈姆特見狀便替她接續道：「因此，考委會認為這場比賽的勝者是羅娜，星滅被視為輸家。加上在比賽的過程中，羅娜是中了星滅的毒計才無力作戰，星滅的作戰風格無法得到多數觀眾的認同，人氣票數遠低於羅娜。無論是在人氣或實力上，羅娜都是實質的勝利者。」

「這麼說來……小娜可以晉級最後的決賽囉？」聽到這裡，愛麗絲眨了眨眼詢問巴哈姆特。

「照字面上的意思，的確是如此，但是……」羅娜緩緩抬起頭來，用不甘心的眼神瞪向法哈德，她突然舉起手來，直指對方，「參加決賽的前提——是必須接納這傢伙成為我的式神，否則比賽視同棄權！」

羅娜皺著眉頭，眼眶泛著微微的紅潤，她就是不甘心自己的比賽竟和這傢伙扯上關係！

不甘心為何不是靠自己和巴哈姆特的實力擠進決賽！

為何命運之神要如此捉弄自己，非要她和這個可惡的人繼續牽扯不清！

「我的百合花，既然木已成舟，妳何不認命呢？況且，不是我自負，有多少御主巴不得我成為他們的式神。比起妳身旁的R級式神，多了一個送上門的SS

R級式神不好嗎？」法哈德嘴角帶笑，伸出手來，輕輕地從下方托住羅娜直指自己的手。兩手碰觸的瞬間，羅娜有些出乎意料，一時反應不過來。

「讓我成為妳最強大的戰力，一起奪得聖王學園入學考最後的勝利吧，羅娜——我的百合花。」話音一落，法哈德緩緩地低下頭，溫柔又紳士地朝羅娜的手背落下一吻。

宛若中古世紀的騎士對女皇的宣誓一般。

這一刻羅娜竟無絲毫厭惡的感覺，整個人眼前一片空白，徹底傻住。

她完全無法理解眼前這個人。

難道這又是他想摧毀自己的手段之一嗎？摧毀了她的家庭還不夠，如今還要將她也摧毀殆盡嗎？

一想到這，羅娜立刻回過神，將自己的手迅速抽走。

為了自己，也為了顧及巴哈姆特的尊嚴，即便錯失進入總決賽的機會，她也不能將法哈德納入麾下！

深吸了一口氣，羅娜清了清喉嚨，「我就算沒有你——」

「御主，請接受法哈德的提議吧。」

「欸？」

正準備鄭重拒絕法哈德、放棄入學機會的羅娜，話還沒說完，就被人出乎意料地打斷。

「你剛剛……說了什麼？巴哈姆特？」以為自己一時聽錯，羅娜再次向巴哈姆特開口詢問，因為無論如何她都不敢相信，向來自尊心極高的巴哈姆特竟會說出那樣的話。

「這種話別讓我再說第三次了……本龍王的意思是，接受法哈德的提議吧，御主。」巴哈姆特沉著一張臉，凝重的氣氛慢慢地擴散到羅娜身邊，即便如此不甘，巴哈姆特也沒有逃避，筆直地盯著自家御主。

他很清楚，如果自己表現得猶豫不決，只會讓羅娜更加動搖。

「真是讓我改觀了呢，龍王巴哈姆特。原以為你是固執己見的類型，其實還挺會權衡事情的輕重嘛。」身為當事者的羅娜還未回應，被點名的法哈德倒是先出了聲，揚起嘴角笑了笑。

「哼，這裡沒有你插嘴的餘地。」巴哈姆特沒好氣地白了法哈德一眼，再次將目光投向自家御主。

「巴哈姆特……你能先告訴我為何要這麼做的理由嗎？」巴哈姆特會說出這樣的話，一定有他的理由，一定有什麼情非得已的理由……

「御主，即便本龍王不明說，想必妳也明白。但既然是妳的要求，我就把話說白了……」接下來，巴哈姆特向羅娜仔細說明他之所以如此決定的理由。畢竟在此放棄的話，就浪費了一個難能可貴的入學機會，都走到這一步了，絕不能就此退縮。再加上拒絕法哈德也只是意氣用事，當年雙親命案的真相也不會因此解開。

最後，巴哈姆特湊上前，低聲對羅娜說出真正打動她的理由，「將法哈德收為式神後，他再怎麼強大也必須受到契約的限制，如此一來，倘若他真是殺害妳雙親的凶手……屆時，再用式咒強制他自殺也是可以的。」

聽完巴哈姆特的說明，羅娜愣了一下，接著微微勾起嘴角。

沒錯，就把法哈德利用得徹底一點，如果這傢伙真想對她不利，有式咒在手更能以防萬一！

「阿姨，我答應妳，我會跟這傢伙結婚。當然，也會將這傢伙收為我的式神。」

「咦咦？妳真的答應了？這麼爽快？沒有其他條件？」突然聽到自家姪女一改先前不悅的抗拒態度，愛麗絲很是吃驚。

一直以來，羅娜都很不願接受她安排的婚事，聽到對象是法哈德時更為反彈，愛麗絲實在很難理解自己的姪女到底在盤算著什麼。

「沒有，我就是這麼爽快。」羅娜挺起胸膛，果斷地拍了拍自己的胸脯。沒再理會想繼續追問、一臉難以置信的愛麗絲，羅娜轉身面對法哈德，「法哈德，這一切都是你自找的，想成為我的男人跟式神，你做好心理準備了嗎？」

嘴角揚著不懷好意的笑容，羅娜一改先前面對法哈德時的警戒狀態，以一種居高臨下的姿勢看向法哈德。站在一旁的巴哈姆特則是雙手抱胸，露出好看隆起的肌肉線條，龍王在氣勢上也絕不遜於深淵魔王。

反觀法哈德，即便面對高高在上、掛著危險微笑的羅娜，他仍然沒有一絲動搖，依然維持優雅從容、難以捉摸的神祕態度。他一手自然地垂放在腿側，另一手緩緩覆在胸前，壓低嗓音，面帶微笑道：

「是的，無論如何，我都已為妳做了萬全的準備——我的百合花。」

尾聲

Scepter of Rose King

走在街上，無論是動態電視牆，或是張貼在牆壁上的靜態廣告，甚至是擦身而過的人群，全都聚焦在一件事上——

「聖王學園入學考的總決賽，一定要準時收看吶！」

抱著剛出爐的麵包，匆忙趕往聖王學園考委會替決賽考生準備的宿舍，羅娜一路上一直聽到類似的對話。

她用手壓低鴨舌帽帽緣，想遮掩自己的面容，因為斜前方聖王學園的宣傳廣告正高掛著她的頭像，以及她和星滅對戰時的照片。這件事曾被新聞報導，在網上遭眾人熱議，當時有不少人希望徹查此事，並要求終止鬧出人命的考試。

羅娜記得，那時她還被警方找去做筆錄和偵訊，但最後似乎不了了之。後來，只要是反對或負面的言論都逐漸消失，種種令人費解的跡象，羅娜認為這可能是聖王學園幹的好事。

聖王學園擁有極高的權力，歷來出了無數政商名流，各領域幾乎都有聖王學園的人安插其中。或許就是這個原因，讓聖王學園可以用各種手段將不利於自己的言論都壓下來吧？

它。

倘若真是如此，聖王學園果真是一座厚實牢固的高牆，很難有什麼可以推倒

雖然羅娜不是很認同聖王學園處置事情的手法……但坦白說，這的確替她省了不少事，她一度以為自己會捲入麻煩的刑事案件裡，脫不了身。

走著走著，一個分神，羅娜一不小心撞上前頭的一名男子。

「抱、抱歉……」抱在懷裡的麵包掉落在地，羅娜趕緊蹲下身撿拾，沒想到另一隻手先伸了過來，按住了她的手。

「咦？」羅娜抬起頭來，對方的容顏瞬間映入眼簾，她愣了愣，還未反應過來，對方就已將麵包遞還給她，旋即起身離開。

「等一下……！」來不及把話說完，男子的身影就消失在人海中。

「啊，是娜娜醬！」

「真的耶，好像是本人！」

「沒想到能在街上看到本尊，實在太幸運啦！」

在羅娜疏忽防備之際，她被旁邊的路人認了出來，眾人開始對著她議論紛紛。

「糟糕，得快點離開這裡才行……」被人指指點點感覺不太妙，她抱緊懷裡的麵包，低著頭快步在人群中穿梭。在與星滅一戰後，她那不屈不撓的表現似乎獲得很大的反響，卻也造成她某種程度上的困擾。

她一直以來努力經營的「娜娜醬」的可愛形象在戰鬥中根本毫無發揮，觀眾只在意她堅忍不拔的戰鬥意志，及星滅之死帶來的戲劇性結果。

羅娜心中或多或少有那麼一點不愉快……她先前費盡心力、刻意營造出來的可愛形像一點也不受觀眾歡迎，實在讓人說不出地沮喪。

儘管娜娜醬人氣飆升是件好事，可羅娜一點也不高興，反而覺得人紅之後會帶來許多困擾。好比現在，一旦被人認出來，縱使沒人上前打擾她，也會受到來自四面八方的眼光和指點，光是這點就讓羅娜很不習慣。

「成為公眾人物的感覺如何啊，平胸女？」

「不要逼我用式咒叫你出來給人當動物園觀，這麼一來你就能知道我的感受了。」腦海傳來巴哈姆特揶揄的聲音，羅娜眉頭一蹙，沒好氣地在心裡回應。

「哈，還真凶吶，御主就是有這種絕對權力呢。不過妳剛剛撞到的那個人……

好像有些眼熟呢……」

「果然你也這麼覺得嗎……老色龍，難不成你跟我想的是同一個人？」聽到巴哈姆特這麼說，羅娜有種不出意外的感覺。

「嗯，都是我們見過的人，答案應該是一樣的。只不過……我們會不會是看錯人了？」

「可能吧，畢竟也只匆匆瞥了一眼……嗯，肯定是認錯人了。」羅娜稍稍點了點頭，認為只可能是這個答案。

因為——

在路上撞到一名已死之人，實在太天方夜譚了。

回到考生宿舍，推開房門，羅娜便面對著似乎在房裡等待許久的法哈德。

「終於等到妳了呢，我的百合花……不，該改口叫妳『御主』了吧？」法哈德緩緩轉過身來，背對著後面的百葉窗，陽光流洩進屋內，照耀在他特別明顯好看的腰部曲線上，本就立體的五官透過光影的映襯顯得更為迷人。

如果這傢伙不是法哈德，純粹只以他的外貌來評斷，憑良心說，此人真的和他等級一樣，是SSR級的稀世美男子。

只是她有些摸不清這傢伙的意圖。

他明明是當年殺害她雙親的最大嫌疑犯，她卻因情勢所迫，逼不得以要和這傢伙訂結契約，更別說式神和人類訂下婚約這麼荒唐的事。

如此不擇手段也要成為自己的式神，對他來說有何好處？

「我實在看不穿你，在那張令人作嘔的微笑後面到底藏了些什麼？」

「怎能如此說自己的式神呢，御主。既然成為妳的式神，把性命交託到妳的手上，還能對妳做出什麼傷天害理的事？」法哈德從容一笑，維持著他給人印象中的優雅，這份優雅卻總是隱藏著一絲難以捉摸的危險，即便即將訂下契約，法哈德依然散發著這種氣息。

對羅娜來說，這就是毫無誠意的表現吧？

至少她是這麼認為的。

忍住想掉頭就走的衝動，羅娜嘴角挑起一抹冷笑，「哼，看來你早就清楚，成為我的式神會受到什麼樣的束縛跟控管吧?既然如此，又為何這麼想成為我的式神?」在和這傢伙訂下契約前，必須先了解這件事，羅娜在心中如此想道。

「哦，這麼在意我的目的?我說……原來妳是這般將我放在心上?」

「別給我說這麼噁心的話，搞清楚，就算把你放在心上，也只是因為你是有最大嫌疑的犯人而已。」羅娜眼神冷冰地盯著對方，不客氣地反駁法哈德的話。

法哈德閉上雙眼，聳了聳肩，莞爾一笑，「即便如此，我也算是駐留在妳心上、難以抹滅的存在了。妳不覺得，這和愛上一個人的執著很像嗎?」

「少胡說八道了，根本是兩碼子事!你到底要不要回答我的問題!」羅娜沒好氣地皺起眉頭，一手扠腰，一手直指著對方。

「呵，在回答妳的問題前，先讓我確定一件事，巴哈姆特沒跟著妳來?」

「那傢伙氣得不想跟來了，你自己也能感應得到吧?何須特意再問我一次。」

羅娜雖是這麼說，實際上這是一種不成文的規則。在靈人界中，凡是與第二名式神簽訂契約時，原本的式神應該暫時離開御主，等到契約完成後才能歸來。

這本是出於對式神的尊重，只是這種情況對羅娜而言，確實有一點冒險。

沒有巴哈姆特在身邊保護她，法哈德若想對羅娜出手，她簡直毫無招架之力。

羅娜當然事先想過這個問題，甚至一度懷疑這該不會是法哈德的詭計，表面上說要與她訂下契約，實際上只是想趁機殺了自己……

不過，由於對方是法哈德，是真正SSR等級的強大式神，如此厲害之人若想殺她，也用不著使這點小聰明。

「那就好，我想接下來的畫面他應該也不樂見。」

「已經回答了你的問題，該告訴我你的目的了吧？法哈德，你應該不是那種出爾反爾的小人吧？」羅娜有些不耐煩地用手指點著手臂。

「妳說呢？已經要成為我御主的人，難道還看不清我的性子嗎？」法哈德嘴角挑起一笑，緩步靠近羅娜。他伸出手，輕輕地撩起垂在羅娜肩上的髮絲，「我會告訴妳的，一邊簽訂契約，一邊告訴妳……妳也不想讓那頭龍王在外面等太久吧？」

「要就快一點，少說廢話。」羅娜沒好氣地催促著對方。

「還真是奇妙呢，能和強大的式神簽訂契約，身為御主應當興奮期待才是，我的百合花還真是與眾不同。」

「就跟你說別再廢話了，不想簽訂契約的話我這就走人！」聽到法哈德一再用調戲的口吻對自己說話，羅娜的青筋明顯地浮上額頭。

「我的御主啊……妳問我為何不擇手段也要成為妳的式神對嗎？」法哈德更靠近羅娜，來到她跟前，一手握緊她的長髮，同時腳底下出現一道五芒星魔法陣，紫羅蘭色的光芒映射而出，連帶颳起一陣風，將羅娜的衣襬和髮絲吹得微微擺動，宛如波浪。

「那是因為，我有一個非得這麼做的理由。」放開羅娜的頭髮，改用雙手捧起她的臉龐，羅娜沒有抗拒，只是閉上雙眼，即便內心有多麼討厭讓法哈德碰觸自己，但她曉得這是進行契約的標準流程，於是將這股不願硬生生吞忍下去。

同時，她也被法哈德方才的那句話引起了好奇心。

到底是什麼理由，讓這傢伙主動送上門來，甚至不惜讓自己被式咒束縛。

「我想要洗刷自己的汙名——為此，我不惜一切也要換得自身的清白。」話音落下，法哈德的聲音輕如鴻毛，卻包含著如泰山般沉重的執著。同時，他在羅娜露出的飽滿額頭上，落下代表式神對御主承諾的一吻。

「開什麼玩笑！這種話居然從你口中說出來……根本沒有說服力！」羅娜四肢僵硬，身體微微顫抖，在簽訂契約的過程中，受限於魔法陣的力量，身為人類的御主大多無法動彈。縱使羅娜情緒激動地想要掙脫，也完全無法做到。

「當年我可是看見了……你人就在現場！」在身體無法動彈的情況下，羅娜更是氣得胸口疼痛、喘息不止。

「沒錯，當年妳確實撞見那一幕，但妳再好好回想一次吧——」法哈德將拇指壓在羅娜兩邊的太陽穴上，灌輸靈力，「我將妳腦海中的記憶提取出來，絕無刪改。」

隨著法哈德的聲音傳進耳中，羅娜的腦中也開始浮現一幕幕影像……

畫面中，她的父親是當時知名的靈學博士，專門研究式神與靈人間的淵源與能量開發，其中最著名的就是開發出人造人——也就是後來被冠上「漆黑的深淵魔王」稱號的法哈德。那時候，他只是父親底下編號001的史上第一位人造人，也是羅娜最喜歡一起玩耍親近的人，是宛如大哥哥般的存在。

父親是個認真的靈學家，在成為靈學家前，曾從事生物科技相關研究。至於羅娜的母親，她只知道在自己有記憶之前，親生母親就已不在身旁，取而代之的是父親再娶的續弦，當時擔任父親助手的後母。

和電視上演的不同，後母對她很好，至少她從來沒有受到任何委屈。只是，或許是血緣上的不同，羅娜總覺得跟後母隔著一段難以說清的距離。

整體來說，羅娜認為自己是個幸福的孩子，何其幸運在這種條件下仍被雙親疼愛。

只是這份平凡的幸福，在那一天，被徹底粉碎。

那晚，深夜一如既往地降臨，本在熟睡中的羅娜被異樣的騷動吵醒，她抱著泰迪熊娃娃，揉著惺忪的睡眼，步伐不穩地循著聲源走去……

然而等待在她面前的，卻是一片腥風血雨。

她懷抱裡的泰迪熊娃娃滑落，映入眼簾的，是被熊熊大火包圍的客廳，橘紅火光無情地照在她錯愕的臉上，她睜大雙眼，不知所措，一時間只能愣在原地傻傻地看著。

就和現在一樣，手腳完全不能動彈，也不聽使喚。

「爸爸……媽媽……」

不管是當時的自己，還是此刻正與法哈德訂定契約的自己。

羅娜用微弱顫抖的聲音喊著自己的父母。

大火殘酷地焚燒著一切，母親倒在地上，父親則渾身是血地和一名男子拉扯。

那名男子不是別人——

正是法哈德！

「明明就是你……明明就是你殺害了我的雙親！」羅娜還未睜開雙眼，但她仍對著法哈德大喊。

整顆心都痛得無法承受，她幾乎想讓心臟停止跳動，阻斷這無邊的痛楚！

至今她仍不能理解，為何自己會遭受如此命運？

為何她不能和其他人一樣，過著平凡的人生？

到底為了什麼？

是誰這樣毀滅了她的家庭！

「還沒完呢，看清楚妳父親的動作吧——」法哈德的嗓音依舊沉穩，沒有絲毫動搖，羅娜深吸一口氣，繼續認真回想。

照著法哈德的話再仔細看了一下父親當時的動作，對了……

父親雖然一手抓著法哈德，可他的另一隻手，卻用力伸長往法哈德的背後指去……

難道說！

父親所指的方向好像還有另一道……黑影？

就在羅娜感到詫異之際，回憶影像在此終止，耳邊傳來法哈德的問話。

「如何，察覺到了吧。」

「看到是看到了……但這無法證明你完全清白，法哈德。」雖然震驚，羅娜還是迅速平復心中掀起的波瀾。她緩緩睜開雙眼，故作冷靜，但眼角的淚水卻無聲無息地流了下來。

距離那摧毀一切的慘案至今已過了四年之久，當時激動的情緒雖已平復，心裡的傷口也已癒合，但那道瘡疤仍不時隨著記憶與感觸湧上而抽痛。

她自認這幾年來自己變得更加堅強，但想要追查真相的執著卻從未減少。

「我的百合花啊……」看著羅娜強忍痛楚的模樣，法哈德眉頭微微蹙起，不忍地用手指抹去羅娜臉上的淚珠。

「正因如此，僅靠這點還是無法洗刷我的嫌疑，我才必須用這種極端的方式，成為妳的式神，將性命交託於妳，跟在妳身邊一同調查，真相才有機會水落石出。」法哈德接續說道：「我相信唯有在妳身旁，才能更接近真相——因為當年的真凶一定會再次找上妳。」

「為何你能如此篤定？難道你知道那個人是誰？」儘管抱持懷疑，羅娜還是想要探究黑影的真實身分，她整顆心都懸著，緊張地等待著法哈德的答案。

「倘若我知道的話，就用不著如此冒險了。」法哈德搖了搖頭，這時，契約儀式也進行到了一半。

「可惡……那個人到底是誰！」

「關於那個人，我倒是有個線索哦。」一道聲音突然闖入，意外吸引了羅娜與法哈德的注意力。

羅娜難以置信地睜大雙眼，用微微顫抖的聲音問道：

「怎麼會是……你？你不應該出現在這裡的，你不是已經……」

「想我嗎？」聲音的主人嘴角微微上挑。

「娜、娜、醬。」

——《少女王者01》完

後記

Scepter of Rose King

大家好，這是帝柳在新的一年，2019年的第一套新作品，以充滿活力跟戰力的姿態迎接這部作品到來！

此次的女主角羅娜，帝柳認為是最近幾套作品以來，我最喜歡的女主角了。寫她的時候總感到額外多的樂趣，以往大腦都絞盡腦汁想主線劇情，但這次寫羅娜，總會不小心腦補其他關於她的故事和反應，或是一些自己覺得還滿有趣的對話。會有種「哦，這就是羅娜會有的反應」「娜娜醬就是這麼心機（笑）」。

為什麼會有這樣的感覺呢？

我想，主要是此次「娜娜醬」在個性及背景的設定，有著和以往帝柳筆下女主不太一樣的地方。

那就是「反差」的個性！

看完第一集的同學應該知道，咱們家羅娜的真正個性，以及為了人氣考量而裝出來的「娜娜醬」，前者粗魯嘴賤又有些狡猾，但整體來說是個好孩子 XD；

後者則是羅娜設定好的偶像形象，可愛賣萌、看似天真無邪的少女。由於娜娜醬是羅娜為了搏得人氣的手段，壓根不是本性，整個就是虛構出來的人物，因此在寫羅娜面對鏡頭不得不搔首弄姿，但一回頭馬上又在心裡ＯＳ吐槽的時候，就覺得這孩子我喜歡！

因為，這才更貼近人為了生活而不得不表現出來的一面！

咳咳，岔遠了，其實帝柳想說的，只是羅娜在個性上更像我們現實生活中的人。不過在接下來的劇情上，我會繼續鍛鍊羅娜，讓她持續成長，直到真正成為英雄的那一天。

除了娜娜醬，巴哈姆特對我來說也是一個有點特別的存在，雖然大家可能很常在其他作品中看過龍王的設定，不過巴哈姆特是帝柳筆下第一位龍王呢！

最後，再次感謝入手這部作品的小伙伴們，如果這部小說能讓各位看得喜歡盡興就更好了！

關於娜娜醬羅娜的少女王者之路，我們下回見！

帝柳

歡迎來找帝柳：
粉絲團：www.facebook.com/hedy690

高寶書版集團
gobooks.com.tw

輕世代 FW301
少女王者01

作　　者　帝　柳
繪　　者　JNE*靜
編　　輯　任芸慧
美術編輯　林鈞儀
排　　版　彭立瑋
企　　劃　方慧娟

發 行 人　朱凱蕾
出　　版　英屬維京群島商高寶國際有限公司臺灣分公司
　　　　　Global Group Holdings, Ltd.
地　　址　臺北市內湖區洲子街88號3樓
網　　址　www.gobooks.com.tw
電　　話　(02) 27992788
電　　郵　readers@gobooks.com.tw（讀者服務部）
　　　　　pr@gobooks.com.tw（公關諮詢部）
傳　　真　出版部　(02) 27990909　行銷部 (02) 27993088
郵政劃撥　50404557
戶　　名　三日月書版股份有限公司
發　　行　三日月書版股份有限公司/Printed in Taiwan
初版日期　2019年2月

國家圖書館出版品預行編目(CIP)資料

少女王者 / 帝柳著.-- 初版. -- 臺北市：高寶國際, 2019.02-
冊；　公分. --

ISBN 978-986-361-576-7(第1冊：平裝)

857.7　　107011834

三日月書版

三日月書版

GOBOOKS
& SITAK
GROUP©

GOBOOKS
& SITAK
GROUP©